세상의 모든 금복이를 위한 기도

세상의 모든 금복이를 위한 기도

2019년 3월 11일 1판 1쇄 인쇄 / 2019년 3월 21일 1판 1쇄 발행

지은이 서금복 / 펴낸이 임은주
펴낸곳 도서출판 청동거울 / 출판등록 1998년 5월 14일 제406-2002-000128호
주소 (10881)경기도 파주시 문발로 115(파주출판도시, 세종출판벤처타운) 201호
전화 031) 955-1816(관리부) 031) 955-1817(편집부) / 팩스 031) 955-1819
전자우편 cheong1998@hanmail.net

ISBN 978-89-5749-212-3 (03810)

이 도서의 국립중앙도서관 출판시도서목록(CIP)은
서지정보유통지원시스템 홈페이지(http://www.seoji.nl.go.kr)와
국가자료공동목록시스템(http://www.nl.go.kr/kolisnet)에서
이용하실 수 있습니다. (CIP제어번호: CIP2019008846)

| 청동시선 06|

세상의 모든 금복이를 위한 기도

서
금
복

시
집

나는 오 리에 서 있는 오리다

나는 오리다
걷고, 뛰고, 날아도 어느 것 하나 잘하는 게 없는 오리
수필, 동시, 시로 등단했어도 뛰어나게 잘하는 게 없다

그렇지만 오 리에서 멈추고 싶진 않다
문학의 길을 10리라고 본다면 나는 적어도 5리에는 와 있다
시작이 반이라고 했으니까

문학을 왜 하는가?
스스로 수도 없이 던졌던 질문

― 그냥, 좋아서

그렇다면 됐다
다시 컴퓨터 앞에 앉는다

2019년 3월에
서금복

| 차례 |

9

#

세상의 모든 금복이를 위한 기도

#

가나다순으로

가장 쉽다
툭하면 나이를 들먹이는 사람들
복이 많아 금수저를 쥐고 태어난 사람들
아는 것도 많아 타인의 뜻 따르기 죽기보다 싫어하는
사람들

앞서는 명예욕과
얄팍한 계산속을 가라앉히는 데엔
〈가나다순〉만큼 좋은 약이 없다

가진 거라곤
한글 자모 앞 성을 낳아준 아비만 있는 사람들에겐
〈가나다순〉이 유일한 빽이다
자기 이름 앞세워 볼 수 있는

가을 소국

좁은 주방에서 쫓겨난 냉장고가
식당 문 옆에서 밥통을 이고 있다
고장난 전기밥솥에서 쫓겨난 알루미늄 밥통이
소국 무더기를 끓이고 있다
밀린 밥값 대신 꽃집에서 쫓겨 온 작은 국화 무더기
들이
구부러진 허리, 꺾인 고개로
저녁 아홉 시 뉴스를 보고 있다

김치찌개 4,000원, 청국장 4,500원
식당 벽에 써 붙인 메뉴판 옆 텔레비전 뉴스에선
대입 수능시험을 치르고 있는 수험생들의
어두 빽빽한 모습이 휘청휘청 흘러나오고 있었다

설 자리 마땅치 않아 문 옆에 던져진 냉장고 위에서
밥솥에서 떨어져 나온 밥통 속에서
무더기무더기로 떨어져 나갈 어린 국화들이
바글바글 하얗게 속 끓이며 그 뉴스를 듣고 있다

가족

나는 검지다

컴퓨터 자판기 며느리 기본자리 4단 오르내리며, 안쪽 옆자리(5 ㅅ ㅎ ㅠ 6 ㅛ ㅗ ㅜ) 딸 노릇까지 보태는 검지다

가운뎃손가락과 약지는 두 남동생이다 잘난 아들은 누구의 사위이거나 남편이고 못난 아들만 어머니의 아들이라는 전형적인 이 나라의 아들들이다

시도 때도 없이 머리에 꽃 달고 웃음 질질 흘리는 여자한테 깜빡 속았다가 숯 가슴 안은 채 부모님 모시고 사는 고향의 굽은 나무, 막냇동생은 새끼손가락이다

아들 기본자리 외에 물결표(~) 찍어 자기는 생략, 형과 누나 기 살리고 Tab, Caps Lock, Shift 누르며 때로는 건너뛰고 때로는 자기감정 잠그며 쉴 새 없이 Enter, Enter, 잇따르는 가족의 대소사도 그의 몫이다

엄지를 뺀 손가락은 제 말만 떠들어대기에 목소리 높

이는 건 시간문제, 혹여 창호지 같은 형제애 쪽박물이라도 만나 찢길까 봐 오른손 엄지는 그때그때 스페이스바를 눌러준다

스무 해째 방에 누워 계시는 아버지의 다리, 아버지의 팔, 아버지의 눈이 우리의 손가락 속에 나뉘어 있다며 아버지 편드는 어머니, 오른손 엄지는 날이 흐리지 않아도 저린다

등 떠밀려 일하는 것도 서글프지만 할 일이 없다는 건 더욱 서러운 일, 컴퓨터 자판기에 축 처져 있는 왼 엄지, 컴퓨터 책상 불빛이 모처럼 아버지를 따뜻하게 내려다본다.

간이역 불빛

나를 모른다 했다
함께 가던 오리지널이 아닌 오지리널 튀김집
은하수라는 예쁜 이름 있는 줄 모르고
돈을 미리 내는 곳인 줄로만 알았던 미리내 냉면가게
고추장 매운맛에 도리도리하는 혀를
바닐라 아이스크림으로 달래주던 그린하우스

그래도 모른다 했다
어깨에 길게 늘어지는 빨간색 숄더백을 일부러 맞춘
학교 앞 곱사등이 아저씨네 가방 집도 처음 듣는다 했다

시시때때로 교문 아래 기찻길로 지나가던 교외선 기차가
튀김과 아이스크림과 냉면을 다 먹어치웠나 보다

후드득 교외선 기차를 탄다
속도 빠른 기차를 타고 떠난 너의 등이 비에 젖었다

간이역 불빛 속에 천천히 걷는 이들이 안개꽃처럼 웃
는다

개중 자초지종

꼼꼼한 독자에게 총 한 방 맞았다
〈자초지종〉이라고 써야 할 걸
〈자초지총〉이라고
〈개중〉을 〈게 중〉으로 했단다

한밤중에 초콜릿 상자를 꺼낸다
코코아 비율이 조금씩 다른 초콜릿이
제각각 다른 잠옷을 걸치고 있다
그중 하나를 집어 든다

상대방 말을 자초지종 들어보지 않고
말의 총 방아쇠 당긴 것은 얼마나 될까
개중엔 끝까지 감추고 싶은 상처도 있었을 텐데
내 혀 곳곳에 박혀 있는 집게발 뾰족한 게를 시켜
그 아픔을 물고 늘어졌던 나날들

우정이라는 이름으로
충고를 빙자하여

코코아 비율이 제일 높은 초콜릿을 입에 넣는다

진실에 가까울수록 쓴맛이 나는 건

초콜릿뿐 아니다, 다시 혀를 깨물어 본다

거미 한 마리

기어오르고 있다, 구멍에서 벽까지
기껏 고까짓 밖에 못 가면서
버리지 못하는 악착이 밉살스럽다
수도꼭지 비틀어 벽에다 물을 뿌린다
바동거리는 비명, 비명들
수챗구멍 속에 가둔다
뚜껑을 덮어버린다

무엇이든 짓눌러 놓는 압력밥솥에선 칙폭 칠픽
끝내 막지 못한 뿌연 밤꽃향이 내달린다
버티고 버티던 쌀의 인내를 죽여
포시시한 살의 밥으로 만드는 사이

수챗구멍 뚜껑 사이를 비집고 나온다
또다시 싱크대 벽을 포복, 포복 전진한다
질기고도 모진 그리움 닮은 저놈,
거미 한 마리

겨울나무는

겨울나무는 유리창이다
봄꽃으로 꾸미지도 않고
여름 잎으로 가리지도 않고
곁에 있는 모든 것을
그대로 보여 준다

얼룩진 아파트 벽
바람에 휘날리고 있는 색바랜 간판
입김 하얗게 내뿜으면서
미끄럼 타는 아이들의 빨간 볼

겨울나무는
더하기도 빼기도 할 줄 모르는
말간 유리창이다

겨울이 겨울답지 못하면

욕심을 부리지 말아야 했다
하늘과 땅의 중간 어디쯤
끌어다 놓고 너를 내팽개치려면

해가 갈수록 허약해지는 동장군의 위엄
욕심껏 빼앗기는 했으나
힘이 달려 마무리 짓지 못한 하늘 탓에
아침마다 어둠의 터널 통과해야 하는 수많은 사람

안개 자욱한 도시의 숲을 헤맨다
한 치 앞이 보이지 않는
절룩거리는 삶의 발목 삔 헛기침을 해대며

겨울이 겨울답지 못하면
무성한 건 겨울안개뿐이다
걸어가야 할 길을 제대로 보여 주지 못하는

고양이에게 배우든지

고개를 좀 더 숙여 봐
숙인 김에 허리까지 푹 꺾으라고
비누칠한 얼굴은 또 왜 그렇게 박박 긁어대는 거야?
아무리 조심한다고 해도 손톱은 손톱이잖아
그렇게 손톱을 세우고 있으니 툭하면 상처를 입히지
받기만 하는 상처가 어디 있겠어

결국 이번에도 적셨군
물어봐, 세상 사람들에게
세수할 때마다 가슴팍을 적시고
아랫도리까지 젖게 하는 사람 몇이나 있는지
그 나이가 되도록 세수하는 법 하나 제대로 못 익혔으
면서
조금만 젖어도 홀러덩 벗어 던지는 건 잘하지
그러지 말고 제발 어떻게 좀 해 봐
좀 더 숙여보든지 젖은 채 참고 버티든지

슬적살작 침을 묻혀 세수하는 법
고양이에게 배우든지, 배워보든지

고추잠자리 화석

─색깔만 보고 초원인 줄 알았다고, 자극적인 냄새로 널 유혹했다고, 초록색 방수 페인트의 그 끈적거리는 오랏줄에 묶인 채 너는 나를 원망하지만

말 함부로 하지 마
물 빠지기 좋게 한답시고 내 생살을 가르고
그 위로 쏟아부은 방수 페인트의 치욕도 모르면서

너를 보낼 수만 있다면
내 몸 다 마르기 전에 내리는
소낙비도 반가우련만
베란다에 널어놓은 빨간 고추 대신
바짝바짝 말라가고 있는 너를 껴안고 있어야 하는
이 초가을의 고통

너를 오라 한 적 없다는
발뺌도 소용없는 이 전신 통증
그것 또한 모르면서

곡사길

7호선을 타야 할 내가
2호선을 타고 있다는 걸 알았다
성수역에 막 도착할 무렵

지금도 늦지 않았다
한 정거장 왔으니
되돌아가면 된다
그런데 이 무슨 심사인가
갈 때까지 가보자
돌면 얼마나 돌까

다섯이면 될 거리를
열아홉 가는 동안
점점 시들어가며 등 굽는 곱사꽃
가까운 곳에 내 집 놔두고
망설이다, 망설이다
내릴 역을 놓치고 발 동동 굴러보지만
빙 둘러가는 곱사길은 모른 척
제 갈 길만 가고 있다

관계

접혀 있을 때는 모르지
우산기둥 하나에
우산살 여럿 매달려 있다는 거

우산꽃 피워 봐
불퉁그러지거나
빠져나가거나
부러지지 않도록
우산살 잡고 있는 팽팽한 저 긴장,
곧추서 있는 우산기둥 꽃줄기 하나

매달려 있던 자 매달고 있고
매달고 있던 자 어느새 매달려 있는
우산살, 우산기둥 바뀌는 순간

교환조건

콩 심어 놓으면 새가 파먹고
자두는 곰팡이가 야금야금
케일은 벌레가 구멍 숭숭
고구마 줄기는 고라니가 갉아 먹고

올해는 밭농사 짓지 않겠다 해놓고
밭에 나가 소리 지른다
날고, 기고, 뛰는 것들에게

―이놈들아!
  우리가 먹을 만큼은 남겨 놔야지
  약 안 뿌리는 대신에

〈굿〉세고 강한 〈휴계〉매점

　일요일이 저무는 6번 국도는 처치 곤란한 꼬냑병이다 꼬냑이 바닥난 병에 포도주를 담가 그마저 다 비운 걸 버리기란 쉬운 일이 아니다 한 방울 눈물마저 포도주로 쥐어짜낸 허연 알갱이들 그대로 놔둔 채 버리면 속 보이는 짓 같고 볼품없이 퉁퉁 불은 걸 좁은 주둥아리로 빼내자면 물컹물컹한 알갱이에도 참을 인자가 새겨진다

　위 아래로 흔들고 젓가락으로 쑤석거려 알갱이 하나 하나 빼내듯 팔당댐을 허리춤에 끼고 도는 터널 그 좁은 주둥아리 통과하고 나면 가장 먼저 눈에 띄는 〈휴계매점〉 아, 그것 좀 고치지 벌써 몇 년째야 휴게실의 〈게〉자도 모르나

　프로크러스테스를 만나고 오는 날 피를 흘린다 자기가 만든 침대에 손님을 눕혀 놓고 침대보다 키가 크면 다리를 자르고 작으면 잡아 늘린다는 고대희랍 여인숙 주인 그를 만나 말을 잘리고 생각을 잘리고 자격지심과 열등감을 잡혀 늘린다 될소리 안 될소리 쓴소리 막소리 소리소리 가슴으로 질렀다가 그 죄 부메랑으로 고스란히 받아 안고 집으로 돌아오는 길 흘리는 핏속에 떠오르

는 〈휴계매점〉

동네 이름은 아닐까
쉬어가는 계곡이란 뜻은 아닐는지
닭이 쉬던 곳일지도 모르지
내가 모르는 〈휴〉자와 〈계〉자가 서로 짝지어
또 다른 〈휴계〉로 당당히 제몫 하는데
터널을 빠져나오느라 〈휴게실〉에 갈급했던 내가
〈휴계〉가 〈휴게〉이길 원했던 건 아닐까

그래도 뭣 좀 안다 해서 함부로 가르치려 하면 안 되
는 세상이다 우리 동네 태권도 도장 간판은 틀린 글자
달고도 석 삼 년째 버티고 있다 〈굿세고 강한 태권도〉
도장 간판은 늠름하게 생긴 사범과 함께 〈군〉세게 발차
기를 하고 있다.

금붕어 이사

금붕어를 차에 태웠다
중학생 아들의 생물 시간 해부실습용으로 잡혀갔다가
운 좋게 살아온 덤 같은 생
어느새 7년이 넘었다

그 노인이 집을 잃었다
오순도순 모여 살던 자식들 하나둘 흩어져도
혼자 남아 꿋꿋하게 그 집을 지켰는데
이제 그 집마저 헐려버렸다
집에서 쫓겨난 금붕어의
맨 나중 생이 훼밀리주스병에 담겨 있었다

어머니가 오셨다
좁은 주스병에 머리를 탱탱 부딪치면서
찢어진 부챗살 지느러미로 발버둥치는
금붕어를 내다 버린 날
손도 발도 맘대로 못 쓰는 어머니가
삐거덕 새벽바람이 문 열어주고 흙냄새가 사시사철
머물던

젊은 어머니 집에서 쫓겨나 서울 아들 집으로 오셨다
좁은 주스병 아파트로 오셨다
이제 내 책임은 아니다

금붕어가 어느 개울에 흰 배를 드러내고 둥둥 떠다닌
다 해도

기껏 알려줬더니만

－어쩔까잉? 개구리 다 얼어 죽겄네 경칩 날 눈보라는 웬일이라냐 꽃보라가 불어도 시원찮을 판국에

모르는 말은 하덜 말라고?
설마하니 정보화시대에 사는 개구리가 얼어 죽겠냐고?
하긴 낮말은 핸드폰이 듣고
밤말은 컴퓨터가 듣는 세상인데
개구리라고 못 들었을라고

그러나저러나 귀 좀 갖다 대게나
개구리 한꺼번에 죽이는 방법, 내 가르쳐줌세

개구리를 먼저 찬물에 넣는 거야
그리고 서서히 온도를 높이는 거지
점점 따뜻해지는 온도에 익숙해져
개구리가 두 다리 쭉 뻗고 잠들 때까지
그러면 물이 펄펄 끓어도 개구리는 모르지
제 몸이 꼼짝 못 할 정도로 익어버렸다는 걸

뭐라고?
이미 알고 있었다고?

하기사, 내가 아는 걸 자네가 모를 리가 있나
언제나 뒷북치는 내가 또 한 발 늦었구먼

꽃들이 빌고 있었다

1.

천둥이 기어코 번개칼을 들었다
번쩍!
이 말 저 말, 수많은 말 갈아타고 다닌 사람
납작 엎드렸다

번쩍! 번쩍!
발 없는 말 타고 지구를 돌고도 남을 사람
폭삭 엎드렸다

2.

천둥번개 고함소리 거둬들였다
매섭게 내려치던 폭우도 매질을 그쳤다
납작 엎드렸던 사람들
간지러워 견딜 수 없는 입으로
또 다른 말 타고 떠났다

다만 계곡 사이 한 구석에 아직도 엎드려 있는 건
지나가는 바람과 몇 마디 나눈 죄

빌고 또 비는 구절초

하늘매 대신 맞고 앓는 소리 내면서도
계곡물 세상 향해 넘치지 않는 까닭
이제야 알 것 같다

꽃샘추위

겨우내 다퉜으면
이제 그만둘 줄 알았지

개나리, 진달래
기어코 얼음꽃으로 만들고 마는
고 못된 성질머리

누굴 닮았는지

끝말 이어가기

톡톡 쏘고
퉁명스럽게 내뱉고
말꼬리 잘라 면박 주는 사람과
산행을 한다
말이 끊겨 절로 묵언산행이 된다

나무와 끝말 이어가기를 한다
'쿵쿵따 쿵쿵따 미운정~'
뻣뻣하게 서 있던 나무
선창도 없이 마지못해 한 마디 내뱉는다
'정성껏~'

혀를 꼭 깨물며 숨을 몰아쉰다
이제 정말 마지막이다
'쿵쿵따 쿵쿵따 물안개~'
'개여뀌~'
끝말 이어가기를 접어버렸다

〈정성껏, 개여뀌, 이름, 순발력, 마그네슘, 해질녘〉

상대를 한 방에 죽일 수 있는 단어만 생각하고 있는
나무
바람도, 새도, 날아오지 않는 해질녘 나무가
묵언산행의 뒤를 따라오고 있다

나뭇잎 빨래를 널다

12층 발코니 위에서 발버둥치고 있습니다
끈 떨어진 연?
누군가 놓쳐 버린 풍선?
뱅글뱅글 바람접시 타고 돕니다

그래봤자, 나뭇잎!
저 아래로 추락하는 건 시간문제인데

나 보란 듯
나뭇잎 기어코 15층 옥상 너머 하늘하늘 날아갑니다

젖은 내 나뭇잎 꿈하늘
탁탁 물기 털어 햇볕 바람에 몸을 말립니다

나쁜 사람 순서대로 쓰시오

얼짱 삼식이가 몸짱 삼순이를 왜 사랑했을까 어쨌거나 돌다리를 사이에 두고 살았지만, 둘이 사랑한다는 걸 알 만한 사람은 다 알고 있었다 치자

그러던 어느 날 폭우로 인해 돌다리가 없어졌다 그 강엔 혓바닥 날름거리는 악어 떼만 득실거렸다는데, 모르지 우리나라에 정말로 악어 떼가 있는지

삼순이가 끊어진 돌다리를 보며 삼식이 산다는 건넛마을을 향해 발을 동동거리자 나타난 주몽이 하는 말, 너 저기 가고 싶거든 알지? 글쎄다 나는 모르지만 삼순이는 알았던 것 같다 그 동네에서 배를 가진 사람은 주몽이밖에 없다는 걸 삼순이가 주몽이하고 돌베개 밴 후 삼식이한테 갔다 삼식이놈 삼순이 보자마자 양쪽 뺨에 핏빛 오선지 그렸다는군

경영학과 다니는 큰아들놈이 강의실에서 들었다는 이야기라며 생각 좀 해 보란다 나쁜 사람 순서대로 나쁜 놈이 아니라 나쁜 사람 순서대로라고 했으니 몸짱 삼순이도 포함하라는 말이겠지

삼순이가 주몽하고 돌베개 배기 전 어쩌면 좋냐고 의

논하러 갔을 때 모른 척했던 영구,

　삼식이한테 뺨 맞고 하소연하러 갔을 때 물불 가리지 않고 달려가 삼식이를 개 패듯 한 순돌이도 포함하라고 했다

　결과보다 과정이 중요하다는 삼식이놈
　결과만 좋으면 된다는 삼순이년
　가진 자의 특권을 누리는 주몽자식
　가만히 있으면 중간이나 간다는 영구놈
　불의를 보면 참지 못하는 순돌이놈

　모르겠다, 케이블 TV로 〈삼순이〉〈주몽〉 다 보고 농민과 노동자와 전경이 엉겨붙어 싸우는 뉴스를 YTN으로 보면서 아무리 생각해봐도 정할 수가 없다 나쁜 사람 순서대로

　〈여로〉에 출연했던 영구는 지금도 제주도 어느 호텔에서 지배인으로 있는 건지, 〈한 지붕 세 가족〉에 나왔던 순돌이도 지금은 성인이 되었을 텐데 살은 좀 빠졌는지 이런저런 생각만 들 뿐 모르겠다 나쁜 사람 순서를

　진짜로 정말로 100% 진짜 순 양조식초 광고처럼 참말로 모르겠다

남자들의 서툰 사랑법

1.

인천공항에서 집으로 오는 길

옆 좌석의 서너 살 된 녀석은 곯아떨어져 있었고

그 옆에 앉은 젊은 아빠는 팔로 아들의 턱을 받치며
졸고 있었다

끄덕끄덕 절구질을 하다가, 도리도리 도리질을 하다가

세상에서 제일 무거운 눈꺼풀을 감당치 못하다가

나중엔 아예 두 팔로 아이의 턱을 받쳤다

에스콰이어 구두 광고 그림처럼

시종이 무릎 꿇고 여왕 코앞으로 구두를 바치는 모습
이었다

뒷좌석에 혼자 앉아 있는 그의 아내가 속으로 혀 차는
소리가 들렸다

쬐깐한 녀석쯤이야 품에 꼭 안으면 서로가 편할 걸

2.

감기몸살로 며칠 밥맛을 잃었다

퇴근하는 남편에게 만두가 먹고 싶다고 했다

마을버스 타고 가는데 냄새가 나서 안 된다고 했다

그러면 김밥이라도

그것도 안 된다며 집에 있는 밥 먹으란다

아픈 몸으로 차려서 혼자 먹는

세상에서 제일 맛없는 밥 쑤셔넣고 있을 때

남편 손에 들려 있는 검은 봉지

한우를 내민다, 3만 원어치나

내가 지금 당장 먹고 싶었던 만두는 2천 원이면 된다

노래방에 가고 싶다

엎어져 깨진 곳에 새 살이 날 때처럼
간질간질 마음 한가운데가 간지러울 때

사랑하는 이만 알아볼 수 있게
암호를 쓰듯이 쓰라는데
맘대로 되지 않을 때

노래방에 가서 단추만 누르면
이까짓 것 때문에 그렇게 맘고생 했냐며
툭툭 잘도 꺼내준다

너 아니라도 사랑과 이별 천지인데
왜 너까지 이제 와서 사랑타령이냐고
독 오른 눈초리로
시가 눈을 흘긴다

누룽지나무

1.

누워 봐, 프라이팬에

한때는 따끈따끈 밥이었나고 폼 잡시 말고

주걱으로 퍽퍽 맞아도 참아 봐, 찬밥답게 납작납작 엎
드리란 말야

뜨거워도 참아야 돼, 기름에 튀겨질 때까지

2.

거 봐,

노릇노릇 누룽지나무에 피어나는 벚꽃

달콤하게 설탕 꽃가루까지 뿌려질 거야

눈 내리는 밤 청개구리 4남매

1.

텔레비전 화면에 황사바람 뿌옇게 날리는구나

그런 눈으로 자정까지 앉아 너희들 전화받기도 쉬운
일이 아니니

내년부터는 그냥 자거라 나도 이젠 등수 매기지 않으마

황금돼지해를 몇 시간 앞두고 아버지께서 전화하셨다

올해가 작년이 되는 순간 누가 먼저 전화를 걸었는지

일등부터 꼴등까지 밤새도록 등수 매기던 아버지

전화 건 순서대로 효자 효녀 효부 효손의 등수가 정해
지는 것 같아

우리 4남매와 그 새끼들까지 온 신경을 곤두세웠는데

(보나마나 어머니가 옆구리 콕콕 찌르셨을 거다 당신
욕심 때문에 자식들 밤잠 못 자게 하지 말라고 어머니는
아버지의 감각 없는 거북 손등에 수지침을 놓아드리며
어린아이 달래듯 하셨을 게 뻔하다 쑥향내가 천정 도배
지 속살 파고들 때까지)

2.

새해 폭죽 터지는, 일초가 수십 갈래로 갈라지는 그

순간

  1등부터 13등까지 정해지는 그 짜릿한 재미를

  자식들은 재미삼아 투정부렸는데

  그조차 안쓰러워 백내장 마음에 담아두신 아버지와
어머니

  눈 가리고 아웅하는 효도의 겉 탈을 이제야 눈치채신
걸까

  (내 새끼가 부모 될 날도 그리 멀지 않았건만 아직도
어른들의 '제발'을 제대로 읽을 줄 모르는 어리석은 청
개구리 4남매 새벽 눈 내리도록 전화를 주고받았다)

단추의 힘

단추를 단 지 하루,
또 떨어진다
바느질 매듭을 허술하게 했나?

단추에 뚫려 있는 구멍들이 뭉쳐 있다
＋로
X로
구멍과 구멍 사이의 좁다란 경계가 사라졌다

네 개의 구멍이 한몸이 되자
단추가 힘을 잃었다

동막골 쑥닭집에서 내 신발만 없어졌다

저 개 몇 근이나 될까 개가 무슨 말을 알아들을까 싶어 겁없이 했던 말 웃었던 사람들 자기 신발 꿰차고 집으로 갈 때까지 모르는 척 원두막 근처만 빙빙 도는 누렁이 씹고 또 씹어도 삼켜지지 않고 혀 밖으로 내팽개쳐지는 까끌까끌한 강냉이 껍질 내 신발 개울창에 처박혀 나를 씹고 있는 날

강냉이 대신 내장이 터지고 말았다
번잡한 건널목 한복판에 고소한 유혹을 뿌려댄
강냉이 장수 앞에 널브러진 비둘기
꼬리에 꼬리를 문 자동차 운전자들에게
강냉이 한 봉지 내밀며
피 묻은 푼돈 튀기는 강냉이 장수 뒤로한 채
두물머리로 달렸다

어떻게 저 시꺼먼 구멍 속에서 요런 것들이 나오나 몰라 이제 막 봄을 푼 뻥튀기 기계를 들여다보며 강냉이 할머니 노을에 기대어 말한다 그게 저절로 되는감? 내가 쏘니께 되지 중풍으로 오른손 못 쓰면서도 낡은 군복

빛 웃음 감추지 않는 할아버지 강냉이는 튀겨도 동전은
튀기지 않았는지 두물머리 장터 한 귀퉁이 훤하다

그 빛 눈이 시려 올려다보니
내가 무심코 뱉은 말들이
강냉이로 뿌려지고 있었다
하늘 건널목 한복판에
비둘기 깃털 흩어지고 있었다

동백잠자리 어깨마다 봄이 꽃핀다

1.

곱지 않은 전생의 소문처럼 꽃샘바람 불던 날

동백 한 송이 그 바람 바람에 바람 날리고

나무 밑에 있던 개미잠자리 삽시간에 동백 하나 받아

낸다

어깨 어깨마다 멍이 든 개미잠자리

얼굴 붉히는 그 꽃 앞에

오늘부터 이름을 바꾸면 된다고 해도

노란 속살까지 오도도 떠는 동백꽃

꽃샘바람도 무안했던지 개미잠자리 어깨에 잠깐 기대어

아끼던 이생의 옷깃 살짝 스치고 달아난다

2.

지하철 선로로 떨어진 승객 구하느라 다친 역무원이

오랜 병상에서 일어나 웃는다 환하게, 조간신문 속에서

내일은 꽃샘바람 불던 오늘보다 조금 너 따뜻해진단나

* 개미잠자리: 석죽과에 속하는 푸르스름한 빛을 띤 아주 작은 2년생 초

두드러기

1.

발바닥에서 다리, 무릎, 사타구니로 기어 올라왔다 팔, 허리, 가슴, 목덜미까지 전신에 보이지 않는 두드러기가 내 몸 이랑에 간질간질 파 들어오기 시작했다.

10년 전 혼쭐이 나고부터 멀리했던 번데기, 내 기억은 아직도 그날을 거부하는데 내 몸이 받아들였다 손톱으로 하비작거리지만 어림도 없다 두드러기 불꽃은 발바닥부터 귓구멍까지 거세게 타들어 가기 시작했다.

2.

텔레비전 화면 속에선 숭례문 가슴이 불타고 있다 터무니없는 9천여만 원 보상받은 게 억울하다며 9천5백8만 원 보험에 들어 있는 국보 1호를 태우고 있다 민족사 600여 년 세월이 허망하게 불타고 있다

기억은 거부하는데 몸이 또다시 받아들일 때 일어나는 불꽃 두드러기, 숭례문 앞에서 엎어져 울고 흰꽃을 바치고 거리굿을 하고 제사를 지내지만 고자누룩해질

온몸이 가렵고 두렵다 삶의 이랑마다 역사의 갈피마다
타오르고 있는 두드러기 불꽃에 잠이 오지 않는다

땀띠

옆집 개가 밤새도록 노랑 울음으로 잠 설치던
그해 여름 삼복더위에 운동을 시작했다

러닝, 슬라이딩, 홉, 피벗
수십 번 수백 번
스텝을 밟고 또 밟으며 나도 모르게
나를 짓이긴 스매싱, 드라이브
탕탕 총소리가 나도록 라켓을 휘두르며
누군가의 뺨을 있는 힘껏 갈기고 있었다
대충 훑어만 내려도 한 양동이는 너끈히 되는
땀옷을 그대로 입고
소파에 누워 새벽을 맞이하곤 했다

샤워를 해도 씻겨나갈 것 같지 않은
애증의 깊은 더께
그 씨앗이 톡톡 불거져 땀띠로 솟아도
깎지 않은 손톱으로
박박 긁어댔던 그 긴 여름 해
분을 못 참고 뛰쳐나가려고 할 때마다

목에 감긴 쇠줄이 파고들어
밤새 검게 울던 옆집 개처럼
내 목에도 두 줄의 선연한 핏자국이 생긴 것은
그해 여름, 무더위가 남긴 상처였다

때로는, 오히려

1.

우림시장 앞 건널목이 나를 가뒀다 서너 걸음이면 될 거리라 맘대로 건너다녔는데 신호등이 생기고 나서 길에 갇혀 길을 잃고 말았다

빨간불 무시하고 건너는 사람
그 사람 따라 대놓고 공범이 되는 사람
공범자 아닌 척 건널목 피해 가로지르는 사람
내 사전에 불법은 없다며 경멸의 눈초리로 노려보는 사람

수많은 내가 신호등 앞에서 길을 건너다 아직 건너지 못하고 있는 나를 자꾸 뒤돌아보고 있다

2.

앞만 보고 똑바로! 돌아라 왼쪽으로! 나온다 터널!
속도를 줄여라, 줄여라, 줄여라!
길눈 밝은 목소리와 길을 떠난다
슬금슬금 눈치보며 억지로라도 밀어붙이면

눈치 없는 목소리는 악을 쓴다

바른쪽입니다!
바른쪽입니다!!
바른쪽입니다!!!

하나만 알고 둘은 모르는 고집스러운 목소리 무시하려
고
때로는, 오히려,
길이 없는 곳으로 들어간다, 유턴하세요!
경로이탈로 좌회전한다, 유턴하라니까!
목소리도 모르는 길로 들어간다, 네 맘대로 해!

또 귤이다

지긋지긋한 주홍색이다
식탁 위, 텔레비전 옆, 거실 탁자 아래……
어딜 가나 귤이 널브러져 있는데
주고 또 보내줘야 직성이 풀리는 친구

한 봉다리에 3천 원도 못 되는 걸
항공료까지 물어가며 보내주는 그 우정에
한 봉지에 3천 원도 못 되는 걸
나눠 먹자고 돌려도 부담스러워하는 이웃들

비싼 김치냉장고를 귤로 채운다
목구멍까지 넘쳐나는 주홍색을 꾹꾹 눌러 담는다

뚝섬역과 청담역 사이

누가, 무엇이 그의 뇌세포를 저리도 긁어놨을까 터널을 지나는 전동차 검은 유리에 한 청년이 스크래치를 하고 있다 따늑따늑따늑 녹일 병정 군홧발 소리를 내며 무엇인가를 쉬지 않고 중얼거린다 영어단어 같기도 하고 수학공식 같기도 한, 아니다, 어느 종교의 방언 같기도 한 무엇인가를 끊임없이 입으로 긁어대고 있다

그러나 아무도 그를 눈여겨보지 않는다 출근길, 이제는 서서도 잘 줄 아는 직장인들은 지하철 손잡이를 잡은 채, 꿈속까지 쫓아와 괴롭히던 스크래치를 마저 하고 있다

온갖 번잡한, 요사스런, 귀찮은, 냉정한, 냉엄한, 알록달록 색깔 다 처바른 후 검은색으로 뒤덮은 전동차 유리벽이 스크래치 인물화로 가득할 때

전동차가 뚝섬역과 청담역 사이를 통과한다

한강유람선은 뚱뚱한 배를 출렁이고 하얀 새끼오리배는 통통통 웃고 있다

찡그렸거나 화냈거나 꾸벅꾸벅 졸던 사람들이 깜빡 눈을 뜬 사이, 새끼오리배의 웃음이 전동차 어두웠던 인물화를 잽싸게 지운다

---

* 스크래치: 크레파스나 유화 물감 따위를 색칠한 위에 다른 색을 덧칠한 다음 송곳, 칼 따위로 긁어서 바탕색이 나타나게 하는 기법.

레이스 볼레로

살짝 건드리기만 해도 파르르 떤다
우산살, 단추, 반지, 가방 지퍼……
뾰족하거나 튀어나오거나 한 오라기 빈틈이라도 보이면
용서하지 않는다
물고 늘어지다 못해 챙챙 감기까지 한다
살살 달래지 않으면 놓아주지 않는다
속살 무늬 드러내지 않고도
바람의 서걱거림을 받아들였던 레이스 볼레로
악착을 떨다가도, 잡고 있던 것들을 놓는 순간
제 올이 풀리거나 구멍이 뚫리는 아픔을 껴안고 있다

그 아픔 모른 척 집어 던진다
이참에 버릴까 보다
그러다 슬그머니 다시 집어 든다
장롱 깊이 처박는다
다시는 꺼내는 일 없을 거다
지난여름을 버리는 것이 쉬운 일은 아니겠지만

* 볼레로: 앞이 벌어진 짧은 여성용 윗옷

리프트

철커덕
한순간에
잠금쇠가 나의 몸을 가두었다

가을바람치곤 매서웠다
갑자기 쏟아지는 늦가을 소낙비도
인정이라곤 눈곱만큼도 없었다

눈을 감아도
눈을 떠도
파고드는 두려움의 쇠가시들
비바람에 흔들리긴 너도 마찬가지

가을꽃바다에 내동댕이쳐 죽는 것도
괜찮은 죽음이라고 네 품을 택했건만
너를 택한 내가 껴안아야 하는 내 새끼들
서슬 퍼렇게 쏟아지는 비
휘몰아치는 바람

철커덕

잠금쇠가 내 마음을 석방시키는 순간

잠깐이었지만 한몸이었던 너를 버리는 나

이런 나를 보고 비웃니

너는 몇 번이나 버렸니

내가 처음 타 본 저 하늘 높은 리프트를

忘憂역으로 전동차가 들어온다

　팔당으로 내려가는 차와 용산으로 올라가는 차가 고불고불, 구불구불 난 길 따라 들어온다 아랫사람 눈치 보는 어른처럼 들어온다, 며느리 눈치 보는 시어머니처럼 들어온다

　부딪히지 않으면 걱정을 잊을 수 있는 거라고 망우역으로 들어오는 전동차가 번번이 귀띔해주지만 잠시 그때뿐 세상 좁은 길 싸움밭으로 달려갈 사람들은 숨을 몰아쉰다 그러거나 말거나 망우역으로 들어오는 전동차는 안개처럼 들어온다, 이슬비처럼 들어온다, 고양이처럼 살짝 들어온다

만학도

읽던 책을 팽개친다
아침에 끓이다 만 국은 이미 식어 있다
끼니까지 거르고 들여다봐도 문맥은 나를 받아주지
않는다
아예 둘로 쪼개져 등까지 돌리고 있다
눈으로만 읽히고 굳은 머리 파고들지 못하는 글자들
이쪽도 저쪽도 한 치의 양보가 없다

국을 다시 끓인다
싱겁다
소금통 속 소금도 둘로 쪼개져 등 돌리고 있다
제때 뚜껑을 닫아주지 않았다고
습기 잔뜩 품고 토라져 그 속을 풀지 않으려 한다

침침한 눈, 칼칼한 목 적셔 줄 한 그릇의 국이면 되련만
달콤한 것, 부드러운 것, 상큼한 것
일찌감치 포기했던 대가를 이렇게 톡톡히 치르고 있다
이쯤해서 관둘까
아무리 읽어도 페이지가 넘어가지 않는 교과서

다시 끌어다놓고 글자소금끼리 비벼댄다

살갗이 벗겨지는 하얀 비명이

기다리다 기다리다 졸고 있는 책 위로 떨어진다

국이 끓는다

책이 한 장 간신히 넘어갔다

면허증 갱신

장롱 면허증은 장롱 속에 없었다
서랍이라는 서랍은 큰물 만난 개울처럼 뒤집혔다
그 개울에서 가짜들이 쏟아져 나왔다
가짜 진주 반지, 가짜로 웃는 얼굴 박힌 명함들……
그 속에서 자기는 가짜가 아니라는 듯 웃고 있는
10여 년 전 여자가 내게 묻는다

　－운전도 못 하면서 갱신은 해서 뭐 하게?

예순 살이 되도록 면허증이라곤 이거 하나밖에 없는
여자가 뒤집힌 개울을 서랍에 쓸어 담는다

　－그러게 말이다. 그래도 갱신해주는 건 이것밖에 없
잖니?

손자가 넷인 여자가 거울 속에서 말한다

무궁화호 3번 자리

─임자에게 쫓겨나는 것보다 낫잖아요.

열차가 잠시 멈췄을 때 3번인 내가 임시 4번을 몰아냈다

전주(全州)부터 마지못해 열어 두었던 말문을 닫는 순간

또 다른 4번이 몸을 날린다

─임자 없지요?

이번에도 말대꾸 문을 두드린다

나 대신 책을 앉혀 놓고 열차 카페로 갔다

입석표를 끊은 임시 4번 후보들이 바닥에 깔려 있다

컴퓨터 책상에도 엎어져 있다

커피 한 잔의 낭만도 하품으로 도리질한다

자리로 돌아오니 4번 여자가 앉아 있다

신발 벗고, 양말 벗고, 내 책까지 쫓아냈다

─거기 내 자린데요.

여자가 노려보며 일어서더니 죄 없는 책을 3번으로

던진다

달달 떠는 책을 진정시키고 있을 때 들려오는 남자 목

소리

─조금만 땡기슈!

대전에서 올라탄 남자가 의자 등받이와 열차 벽 사이로

육중한 몸을 쑤셔 넣는다

띠- 띠 - 또또 - 띠띠띠 또오 --띡띡

용산이 가까워질 때까지 내 머리 위에서 한 땀 한 땀
문자로 수를 심다가

통화를 하다가, 카톡, 카톡, 카톡새를 날려

책을 가방 속으로 쑤셔 넣게 만들었다

커피를 마실 때만 입을 열기로 작정한 여행

여름내 눈 밖에 난 책들을 끼고 떠난 혼자만의 여행

엄청나게 낭만 찾던 가을 여자를 실은 무궁화호가

용산역에 도착했음을 알린다

자리 없어 헤매는 임시 4번들에게도 편안하고 좋은
여행 되셨는지

스피커 속 승무원이 공손하게 여쭙는다

무낙의 집 행사 있음

딱지치기 혼자 해본 적 있니?
등 대고 누웠다가 배 깔고 뒤집혔다……
그때 핸드폰 창에 문자 하나 떴단다
'무낙의집행사있음'

예전엔 그랬지
무교동 낙지 한 접시 먹으며 시간을 씹다가, 세월을
넘겼지
하지만 지금은 달라
씹는 것도 맵다는 걸 알았거든

무교동 낙지집도 시들하고
이기고 지는 사람 없는, 혼자 치는 딱지치기도 관두고
순하디순한 저녁 찬거리 사가지고
길모퉁이 돌아서는데 묻더라

축하를 '추카'로 쓰는 세상
'무낙의집'을 단박에 무교동 낙지집으로 읽어낸 센스
있는 내가
남산 아래 '문학의 집'은 어디에 두고 사냐고

무창포 봄눈

떠나기 싫어 미적거리는
무창포 겨울 하늘
봄 바다에
〈스팸메일〉 뿌려댄다

이미 맘 떠난 봄 바다
〈수신거부〉 해놓고 몸살 앓는데

헤살거리던 꽃샘바람
이저리 눈치만 보고

문어대가리

방금 잡힌 문어가
엉금엉금 기어가 자리를 잡았다
모서리와 모서리가 만나는 곳,
두 면이 교차하는 곳이면 숨기에 적당하다는 눈치다

먼저 잡혀온 문어도
모서리와 모서리가 만나는 곳에 이미 착 달라붙어 있다

배 위에서 보면
모서리에 숨어 있는 문어가 훤히 보인다는 걸
문어대가리들이 모르는 눈치다

미스킴라일락 꽃담배 피다

수수꽃다리 예쁜 이름 갖고 물 건너가더니 하얀 얼굴 보랏빛 미국 여자 되었다 이름도 미스킴라일락으로 바뀌면서

(수수꽃다리 가져간 그 남자가 사랑했던 여자가 미스 킴이었는지 그가 만난 여자 중 김양이 제일 많았는지 그건 모르겠지만)

요즘 미스킴라일락 몸값이 비싸졌단다 그래도 그저 바라보고만 있을 수밖에 자기 것 자기가 지켜야 하는 종자전쟁, 유전자전쟁에서 졌으니 내 것을 가질 때도 비싼 대가 치를 수밖에

오늘도 미스킴라일락 바글바글 비누거품 목욕하고 파마머리 간들거리고 있다 진보라 꽃성냥불 입에 물고 있다가 무수한 봄볕남자 불 붙여주고 있다 꽃담배 팡팡 피워대면서

밀양

바람의 머리칼을 자르고 있구료
꽃 진 그늘 당신이 황사 뿌연 쪽거울 한 귀퉁이 속에
서
당신의 돈을볕 앗아간 그를 뭉텅뭉텅 칼질하다 만 머
리칼
그 나머지 반을 다듬는 건 당신 몫이오

싹둑 잘려나간 지난 세월 골 깊은 봉당에 툭툭 떨어지
거든
바람결에 날아갈 수 있도록 내버려 두구려, 지금부터는

용서는 사람이 하는 게 아니라 신께서 하는 거라지만
용서라는 말 하나로 사람의 죽음도, 어린 생명도 끝나
버리고 만다면
신은 과연 어디에 있으며 무엇을 하는 거냐고 울부짖
는 당신

그러면서도 결국엔 용서의 머리칼을 자르는 당신
나는 그런 당신의 쪽거울 한 귀퉁이마저 끼어들 수 없

지만

　언제나 그 거울 뒤에 숨어 있는 은밀한 햇볕
　세상 거울 밖으로 팽개쳐져 있던 그대를
　끌어안을 수 있는 한겨울 돋을볕이 되고 싶소

　날이 참 좋소, 당신이 햇빛눈물 뎅겅뎅겅 자르기에는

* 밀양: 이청준의 「벌레이야기」를 원작으로 이창동 감독이 만든 영화. 이 영
　화로 전도연이 '2007년 칸 영화제'에서 여우주연상을 받았다.

바람막이

두물머리 위로 칼바람 불던 날
한 줄기 겨울 햇빛
어름내 쓰나 버려진 나룻배 감싸주고

엄마오리 푸드득 푸드득
젖은 날개 밑으로
아기오리 품에 쏘옥 안던 날

나보다 얼굴 하나 작은 울 엄마
내일이면 반백이 되는 딸을 아가라 부르며
당신 등을 내미셨다

내 뺨을 때리고 가는 저 세상시름들
겨울바람 탓이라며 흐르는 눈물
무거워, 무겁다며 한 방울까지도 다 내려놓는데
어머니도 몹시 떨고 계셨다
양수리 강바람 온몸으로 맞으며

밥통의 비문증을 말하다

정직이 최선이 아닐 때도 많다
밥을 지은 시간부터 매시간 빨간 숫자
찰칵찰칵 올라가는 보온밥통을 보고 있으면
차라리 모르는 게 날 때도 있다는 생각이 든다

속속들이 본다 해서 좋을 건 없다
비문증이 그렇다
눈 속으로 모기가 날아다닌다
꼬리에 꼬리를 물고 수십 마리가
엉킨 실꾸리처럼 이리저리 몰려다니는 걸 보고 있자면
시시콜콜한 잔꼬리, 그 잔꼬리마저 썹히고 썹어대는
세상 이야기를 보듣는 것 같다

"우리끼리니까……"
"너니까 말인데……"
안 봐도 될 것까지 정직 아닌 정직으로
안 해도 될 말까지 믿음 없는 믿음으로

세상 이야기에 지쳐 더욱 어지러운 나의 비문증

오늘밤은 숙면을 취하고 싶다

꿈속까지 쫓아오는 너의 세상 이야기를 사절하고 싶다

너무나 정직한 미련퉁이 내 삶의 밥통 앞 숫자 앞에서

못 본 척 돌아서고 싶다

* 비문증(飛蚊症): 안구의 유리체가 혼탁할 때 나타나는 자각 증상. 그 혼탁
이 망막에 나타나, 눈앞에 모기 모양의 작은 흑점이 떠돌아다니는 듯이 보
이는 병증.

백담사 숲에서도 얼음내숭 떨다

두 박자가 필요 없다 끊임없이 찧어대는 발방아 몸방아 한 박자면 족하다 팥죽 냄비 끓을 때 튀어오르는 방울, 방울처럼 폭폭폭 뛰면서 오늘만큼은 오늘에서 도망쳐 보라고 옷자락을 끌어 올린다 내숭 떨지 말라며 胃가 아프든 아래가 아프든 상관없다며 소주 한 잔을 못 넘기는 목구멍 속으로 쫄깃쫄깃 돼지머리 편육에 고춧가루 벌건 겉절이 둘둘 말아 쑤셔 넣는다

트로트 메들리가 반쯤 허리를 꺾을 때 일당 오십만 원에 눈멀고 귀 막아야 하는 운전기사는 머리채까지 흔들리는 버스로 조심조심 백담사 산허리를 꺾어 안는다 소슬바람조차 멈춘 하늘, 구름도 '얼음'에 걸려 있다

술래를 피해 도망가다가 나를 잡을 것 같으면 얼른 외치는 '얼음' 술래가 나를 잡을 수 없으나 나 또한 움직일 수 없는 놀이

누군가 내 옆에 다가와 '땡'을 외쳐줘야 '얼음'에서 풀려 맘대로 도망갈 수 있는 '얼음땡' 놀이

콩콩콩 발방아 입방아만 찧으면 되는 관광버스춤 하

고 싶은 것 하고 사는 게 사람답게 사는 거라는데 어디
를 보는지 알 수 없는 세상의 선글라스 술래에 잡힐까
봐 자기 팔다리 갖고 맘대로 흔들지도 못 하고 눈 가리
고 아웅다웅 얼기설기 쌓아놓은 엉성한 삶조차 순식간
에 무너질까 두려워, 두려워 삶의 춤 한 번 오지게 춰보
지 못하는 살얼음판 같은 삶, 목 쓴 소주와 입 매운 안주
를 저넣으며 몰래, 술래 몰래 '땡'을 외치려던 방아꾼
'얼음! 얼음!' 내 손사래에 밀려 찧던 방아나 마저 찧겠
다며 저만치 산처럼 물러선다

　이번에도 '땡' 소리가 들리긴 틀렸다

벙어리 바이올린

1.

애야, 너 또 그 노래를 틀었구나

무슨 말을 하고 싶은 거니

나도 너 같을 때가 있었단다

산 같은 지아비와

산새 같은 아이들이 있었지

이제 그 산은 허물어지고

새들은 내 곁에서 다 떠났구나

살짝 건드리기만 해도 부서질 것 같은

가랑잎 나

이제 어쩌랴

내 몸을 네게 맡겼으니

꼭 닫은 네 방에서 흘러나오는 그 노래

그 제목이 뭔지는 모른다만

어쩐지 그 음악을 틀어놓은 채

숨죽여 흐느끼고 있을 네 모습이 그려지는구나

2.

아, 그래요, 어머니

나는 산도 아니고 참새도 아니에요
생각 없이 착하다든가
생각 있이 나쁘다든가 했으면 좋으련만
제 설움에 혼자서만
부글부글 끓다가
언제 터질지 모를
포도수 항아리 껴안고 사는 내가
그저 틀어놓을 수 있는 것은
이 음악뿐이에요
공허를 울리는 무현금(無絃琴)의
벙어리 바이올린

변명

비에 젖은 우산, 군내 나는 오이지와 신 김치, 축축한 걸레, 뒤틀린 담배꽁초, 말라비틀어진 바퀴벌레

젖은 것, 냄새나는 것, 밀쳐내고 싶은 것, 참을 수 없이 버거워서 기껏해야 늘어지거나 끊어지거나 뚫리거나
그것 말고는 살 길이 없어 어둠속에서, 침 삼키는 소리까지 들리는 고요 한가운데에서 바스락거린 것을
잠시도 가만있지 않는다고 쓰레기통에 처박는다

처박힌 몸통들을 빼내느라 하품을 한다, 한숨을 쉰다, 중얼거린다
비닐봉지 끊임없이 바스락거리는 소리가 졸음과 싸우는 사무실 오후의 신경을 긁작거린다

부부싸움

이제 다 끝난겨?
그 성질 지랄머리 하고……
발산 하늘이 빙그레 웃는다

제풀에 날개 꺾인 태풍 '나비'도
배시시 웃는다
전 뭘 잘했느냐는 듯이

부자가 울리면 문은 자동 개폐됩니다

벨을 누르려는 순간
버스 문짝에 붙어 있던 스티커 문구가
화들짝 내 문 안으로 뛰어 들어왔다
〈부자가 울리면 문은 자동 개폐됩니다〉

외국 투자자들 맘대로 그려놓는 주식시장 꺾은선 그
래프
질 좋은 컬러인쇄로 발길 끄는 대형 할인마트 광고지

가진 자가 울리고자 맘만 먹으면
언제고 자동으로 열렸다 닫히는
못 가진 자들에겐 서러운 문

벨을 눌렀다
부자가 울렸다
문이 열렸다

버스회사는 '벨'을 '종'이라고 하지 않고
왜 하필 '부자'라고 했을까

벨 없으면 종이고 벨 있으면 부자란 말인지……

개미투자자들과 구멍가게 주인 눈물이
아파트 정문을 들어서기도 전에
버스는 부자를 태우고 떠났다

그나저나 '부사'가 맞는 거야 '부저'가 맞는 거야

비싼 입값

뱉는다고 뱉었건만
그래도 못 뱉고 입 속에 가둬둔 말들,
자기들끼리 지지고 볶았는지
속 썩은 이가 대여섯 개나 된단다

세상을 향해 앙다물었던 오기로
어금니마다 금이 갔단다

썩은 이 뿌리까지 파헤쳐 가며 신경 다독이고
금간 이 갈라진 틈마다 금으로 메웠다

금값이 점점 오르는 세상
금 한 냥 입 속에 모셨으니
비싼 입값 해야겠다

침묵을 모셔야겠다

빌미

"난 말입니다. 오십 가까운 이 나이까지 깡패니 뭐니 하는 것들을 한 번도 만난 적 없다 이겁니다. 그래서 왜 그럴까, 왜 그럴까, 이 문제에 대해 수없이 생각해봤다 이겁니다. 아! 그랬더니 어느 날 갑자기 내 대가리를 번쩍 치는 게 있다 말입니다. 즉, 내가 깡패 비슷한 놈이 나타났다 하면 잽싸게 토끼고, 그런 놈 비슷하다 싶으면 그 근처에는 아예 얼씬도 안 했다 이겁니다."

흰 고무신 한 짝은 저만치 내팽개치고 뚫어진 양말 구멍에다 손가락 쑤셔 넣고 비비작대며 나름대로 심각하게 말하는 K 씨를 볼 때마다 저걸 말이라고 하나, 막걸리라고 하나 했다 이겁니다 그런데 살면 살수록 그 말이 생각난다 말입니다

'내 주변에 있는 놈들은 죄다 이간질하는 놈, 아부하는 놈, 실력 형편없이 재수만 좋은 놈'이라고 씹어대는 누군가(나? 너? 우리?)를 볼 때마다 K 씨가 떠오른다 이겁니다

사과

사과를 해도 받아주지 않는다
까맣게 눌어붙은 상처가 벗겨지지 않는다며
전화를 끊는다

그새 감자 솥이 까맣게 탔다
사과 껍질 넣고 끓이면 눌어붙은 걸 벗겨낼 수 있다지
껍질뿐이겠는가, 사과 하나 잘라내 씨까지 끓였다
며칠 물에 불려도 소용없던 숯검정들이 차츰차츰 벗
겨진다

껍질을 벗긴 자존심
가슴속 미움의 씨까지 쪼갠 사과가 다시 전화를 건다
이번엔 푹 끓여야겠다

사월초파일에

1.
흰 나방 한 마리가 방바닥에 누워 파닥거린다
어젯밤 불빛 따라왔나 보다
덮채를 들었다 내려놓는다

갈색 송충이 한 마리 평상에서 굼실거린다
다래나무 갉아 먹다 무심결에 떨어졌나
돌멩이를 들었다가 슬며시 놓는다

2.
미꾸라지, 피리, 모래무지 잡혔다고
개울물 환호성이 출렁거린다
고추장 풀어라, 깻잎을 넣어라 성화들인데

어쩌나……

부처님은 아시겠지
이른 봄, 마당에 지천으로 깔려 있던
고깔제비꽃 다칠까 봐
깨끔, 깨끔질했던 어리디어린 날을

사치스러운 생각

나이가 드니
팽팽했던 마음에서 독기가 빠져나가는 게 느껴진다
밤새워 뒤척이다가 아침에 일어나서
'나쁜 놈, 나쁜 놈' 하며
쌀을 씻지 않게 되었다

감기몸살을 데리고 한 달 내내 고생한다
독기를 쏟아내고 터뜨릴 땐 병원보다 찻집을 더 찾았
는데
이제는 찻집보다 병원에 자주 간다

감기로 변한 가을 같은 내 목소리
애교 섞인 코맹맹이 소리가
가을 햇살 같아 맘에 든다

가벼운 감기쯤은 끌어안고 사는 것도 괜찮은 걸까
어제부터 사치스러운 생각도 하는 걸 보니
감기몸살에 차도가 있는 것 같다

삼월에 내리는 샤갈풍의 눈

겨우내 병석에 누워 있던 골골 영감님이
묵은 이부자리를 텁니다
세월의 살비듬이 추억처럼 떨어지고
아픔의 각질이 봄눈으로 흩날립니다

"저 급한 성미 땜시 병이 나지, 병이 나."
영감님 병수발에 무말랭이 된 마나님
종이호랑이가 가여워 이부자리를 나꿔챕니다
잔소리쟁이 마누라 손이라도 덜까 해서
이부자리를 털던 영감님 머쓱해 물러섭니다

시들시들 삼월의 눈이 내리다 그치다
다시 생각난 듯 내립니다
꽃샘바람 매섭긴 해도 봄은 봄인가 봅니다

새벽 눈꽃 알갱이

밤새 내놓은 깜냥만큼
온 누리 벚꽃잔치 펼치고 있다
털끝 하나라도 건드릴까 봐 꼿꼿하게 서 있던
철 대문 샤넬 양식, 카이젤 황제의 콧수염 무늬
그 좁은 틈까지

침침해진 눈과
목소리 아래 깔린 짙은 가래로
시나브로 낡아가는 이들 앞에서
성경을 읽어야 하는 송구스러움
이마까지 차오르는 새벽잠을 앞세워
미사포 더듬거려 성당 가는 길

살얼음판 세상 한 발자국 내디딜 때마다
부지런히 꽃잎 틔운다
깨르륵깨르륵 새벽 눈꽃 알갱이

일요일 오후 게으른 햇살이
늘어지게 하품을 할 때쯤이면
하르르하르르 사라져야 한다는 걸 알기에

새벽편지

　당신의 하늘 구름마차는 가지 않는 곳이 없습니다 수
많은 새떼들은 당신의 주위를 맴돌고 그중 영리하거나
죽기살기로 덤비는 놈은 당신의 어깨에 앉아 풀씨처럼
재재거리기도 합니다 그러나 대부분은 당신을 따라가
다, 따라가다, 주저앉고 맙니다

　그래서 나는 당신 곁으로 다가가길 머뭇거렸습니다
　누구 하나 특별하게 귀히 여기지도 않으면서
　그렇다고 매정하게 내치지도 않으면서
　외길 묵묵히 가는 그 무서운 인내심에
　지독한 열등감을 느끼면서

　겨울바람을 머리에 이고 사는 사람들을
　봄볕처럼 사랑하라니요
　시린 가슴 끌어안고 사는 사람들을 대신해
　울어줄 가슴을 지니라니요
　감당할 수 없는 그리움에 치여 시간과 결별한 狂人처럼
　가슴속 한 사람 외엔 아무도 보이지 않는 戀人처럼
　그 중간에 끼여 두루두루 껴안으면서도

제정신을 놓치지 않아야 하는 詩人이라는 이름은

그래서 내게는 어울리지 않는 이름이라고

그러나 그 이름을 끝내 버릴 수도 지울 수도 없습니다
당신을 알고부터 돌 틈 사이에 핀 풀꽃 한 송이, 쓰레기
통을 뒤지며 밤새 울부짖는 노란 아기고양이, 그 어느
것 하나 허술히 보이지 않기 때문입니다 어제까지도 들
리지 않던 겨울나무에 물오르는 연둣빛 샘물 소리가 들
립니다 밤새 원고지 한 칸 메울 수 없어도 꽃샘바람 부
는 새벽, 편지를 받아주는 당신이 있기에 오늘도 구름마
차 주위를 서성입니다

새와 물고기

영화배우 그녀는 죽어서 무엇이 되었을까 새? 물고
기? 스물다섯 꽃나이를 뒤로 한 그녀에 대해 근거없는
소문을 잘근살근 뿌려대는 누군가의 머리에 새가 느닷
없이 똥을 갈겼다 높이 날지 못하는 날개 때문이었을까
하긴 자기 손목에 스스로 칼질을 했으니 날갠들 성했을
라고

나도 새가 되고 싶은 날이 있다 젖은 욕망들 내팽개치
지 못하고 비에 젖은 날개로 퍼득거리는 날 내 몸을 가
리고 있던 거추장스러운 날개를 벗어던지고 차라리 물
고기나 되자며 동네 한가운데 있는 쪼개진 바다를 향해
달려간다
풍덩, 몸을 담그면 삶에 지친 비늘마다 날개가 돋고
숨이 턱턱 막힐 때까지 참고 있으면 누군가에 의해 열리
는 황토방 그 틈새로 잽싸게 파고드는 한 줄기 바람
그 바람 앞에 새가 되고 싶었던 사치에 도리질을 하며
젖은 머리칼을 말린다 어느새 퍼들쩍거리는 한 마리 물
고기가 된다

세상의 모든 금복이를 위한 기도

1.

나조차 내가 어떻게 살고 있는지 몰라 잠 못 이루는
밤 내 이름을 인터넷 검색창에 찍어본다

옆집 아줌마가 작가래/서금복
할머니가 웃으실 때/서금복

여기까지는 좋다 그 아래로 내려가면 모임 홈페이지
에 아무 생각 없이 올려놓은 글이 줄줄이 사탕이다 푼수
가 됐든 팔불출이 됐든 괜찮다, 괜찮아 어쨌거나 내가
쓴 글이니까 그러나 점점 아래로 내려갈수록 오, 하느님
을 부르게 된다

영화 아홉 살 내 인생 주인공 오금복
중국 장애인 서금복을 찾습니다
뭇 남성을 끌어들이던 금복의 향기는 사그라들었다
의정부에서 금복이를 찾다, 개를 찾아주신 분께 감사

2.

오 마이 갓~

행방불명된 중국 장애인 서금복이 더는 불행해지지 않게 보살펴주소서 그리고 금복 민박집, 금복산업, 금복주 등 제 이름으로 지구에 발붙이려고 몸부림치는 사람들을 망하지 않게 하시고 야한 소설 주인공 금복은 이제 웬만큼만 하게 하시고 의정부에서 며칠 없어졌다가 찾았다는 금복이라는 개도 이제 다시는 가출하지 않게 하시고, 금복科에 속한다는 십자매, 금화조, 구관조 등도 병 없이, 탈 없이 크게 하시고……

3.

오 하느님! 이 깊은 밤 무릎 꿇고 진정 비노니 저로 인해 다른 금복이들이 피해받지 않게 해주시옵고, 그러나 힘이 좀 남으시거든 또 다른 금복이들로 인해 제가 오해받지 않게 해주옵소서 오 하느님~ 하느님~

소독차는 달리는데

매캐한 연기를 뿜으며
소독차가 골목마다 누빈다
장맛비에 갇혀 있던 아이들이
입은 옷 그대로 연막차 뒤를 따라간다

소독차를 쫓아가는 건 언제나 조무래기들뿐
어른들은
입고 있던 옷만 소독해선 소용없다 생각하는지
속속들이 내장을 소독한다
허구한 날 술집에 앉아서
뿌연 막걸리를 들이 붓는다

수동우산 펴는 법

힘껏 밀다가, 탁
뭔가 걸리는 부분이 있을 땐
손에 힘을 빼야 한다
힘 좀 쓴다고 계속 민다 해서
우산치마가 순순히 올라가는 건 아니라는 거다

(그것도 모르고 어제 샀는데, 명품이라고 비싼값 치렀
는데, 어떻게 불량품을 팔 수 있냐고, 큰소리 땅땅 쳤더
니, 백화점 점원이 차근차근 설명을 한다)

치마를 올렸는가 하면 내리고
펼쳤는가 하면 황급히 오므리다가
어느 순간 힘을 완전히 뺏을 때
스르르 우산치마 펼쳐졌다는 걸 모르고

'하면 된다, 안 되면 되게 하라!
힘으로 해서 안 되는 게 어디 있냐'고 밀어붙이면
우산도 날 거부한다는 걸 깨닫는 오후

수요일을 기다리는 모니터

원하는 걸 성의껏 해주던 명석함이
먹통이 되는 횟수가 늘었다
뺨을 맞으면 잠깐
잊고 있었던 것을 끄집어내기도 했지만
매를 맞는 강도가 점점 심해졌다
톡이 탁으로 변하고
톡톡이 툭툭으로 변하고
며칠 전엔 쾅!
몸 전체가 들렸다 내려쳐졌다

조금 전에 새 모니터가 들어왔다
하루에도 수십 대씩 맞고 사는 것보다
차라리 사라지는 게 낫다고 생각했지만
수리점 한 번 데려가지 않고 보란 듯 신품을 들여놓았다

그나마 바닥에 굴러다니던 머리카락, 파리채에 맞아
죽은 바퀴벌레
구멍 난 양말과 섞여 쓰레기 봉다리에 담기지 않은 건
다행이다

돌아오는 수요일, 왕년에 잘 나가던 컴퓨터 모니터였
다는 걸 알아주는

　눈 밝은 이와 만날 수 있길 빌자

　분리수거 날까지 베란다 땡볕 아래 죽은 듯이 널브러
져 있자

　지금으로선 그게 상책일 것 같다

스냅사진

뾰족한 돌이다, 누군가를 다치게 할 것 같은
뽑아도 뽑아도 솟아나는 잡초다, 초록조차 질리게 만드는

샴푸 묻은 머리칼로 허겁지겁 받게 만드는 전화벨 소리
'좋은 땅 미리미리 사두세요' 기획부동산 직원의 갈라진 목소리
'됐어욧!'으로 그 목소리 자르는 퉁명함
'그러면 부자 못 된다'는 악담을 듣고 난 후의 떨리는 모습

목욕탕 옷장 앞에서 이웃과 마주친 벌거벗은 모습
몇 겹을 싸고 또 싸도 감출 수 없는 쓸쓸한 사랑 노래

'치즈'와 '김치'를 미처 부르지도 못하고
손가락으로 브이 자도 못 그렸는데
파닥이면 안 된다고 가슴 깊이 잡아 눌러놨건만
나도 모르는 새
그대로 날아가 카메라에 박힌 새들의 무리

시 어탁 뜨기

틈틈이 낚아 올린 시 한 마리씩 컴퓨터에 냉동시켰다 여러 마리가 뒤엉켜 있다 크든 작든, 잘났든 못났든, 어탁을 떠 놔야 할 것 같아 〈인쇄〉 버튼을 눌렀다 앞으로도 잔손질이 많이 남아 있기에 이면지를 사용하기로 했다

처음엔 잘나간다 싶더니만 뭉텅뭉텅 몇 마리씩 토해낸다 시커멓게 질린 26번을 입에 문 채 질근질근 씹는다 몇 번을 그랬는지 모른다 꼭 그 자리에 와서 그런다

복사기를 잠시 쉬게 했다가 다시 꽂으면 까부라져 있던 복사기는 신음 소리를 내며 다시 1번부터 토해낸다

아니, 아니, 그게 아니라고 중단한 데서부터 해달란 말이야 제발 부탁이야 처음부터 하지 말고 이게 벌써 몇 번째야 아, 징그러워 한번 입력되면 잊지도 않는 저 기억력

결국 내가 졌다 새 복사지를 넣었다 이면지는 싫단다 한번 시작했으면 끝을 보란다 이게 아니다 싶으면 중단

시킬 수 있는 〈인쇄취소〉 작동법도 얼른 배우란다 얄팍
한 계산으로 아니다 싶으면 매듭질 줄 아는 용기도 실력
도 없이 미적거리다간 앞으로도 계속 이렇게 당할 테니
알아서 하란다

시에게

1.
차마 버릴 수 없었다
오랫동안 나의 벗이 되어 준 그를

내 설움 말없이 다독이고
울음 끝이 긴 나를
참을성 있게 지켜보아 준 그를
내 꿈 길게길게 타래 풀어 준 그를

붓 가는 대로 쓸 수 있는 거라고
누구나 쓸 수 있는 거라고
세상에서 푸대접하는 그를
외면할 순 없었다, 나는

2.
하지만 이제
너를 만나
또 다른 세상의 꽃밭을 엿보았나니
잠깐잠깐 밀애가

시나브로 깊어져가고 있음을 깨닫나니

어찌 내가 외면하리
나도 모르는 가슴속
깊은 우물까지 내려가
말간 물 퍼 올려
감추고 또 감춘 눈물샘까지
말없이 닦아주는 너를

어쩌랴
이 가을
이별의 끝에서
다시 만난 너와 나는

시인과 정원사

너 하나 위해
열 가지 잘라버리는 나에게
함부로 매섭다 했겠다?

평생 가위 들고
헝클어진 세상사 가지치기하는 내 마음
네가 알면 얼마나 안다고

하늘 원고지 바짝 마르면
타는 갈증보다 한숨이 앞서
잠 못 이루는 밤

잠결에라도 후둑이는 빗소리 들리면
뿌리까지 젖어 들 네 생각에
새벽 창가를 서성거릴 뿐인데

이제 와
이 모든 게
제 좋아 한 모진 짓이라고?

시 잘 쓰려면

'참 시인이 되라'
하신다
'시인은 신이다'
라면서

참詩人 = 참神
참神 = 斬新

맞습니까?

식목일이 지났어도

식목일이 훨씬 지난 오늘
내복을 입고 있다, 나는
주위를 많이 탄다는 어느 노교수노
국군의 날 입기 시작해
식목일엔 벗는다는 내복을

콕콕 갈비뼈가 쑤신다
내 가슴 깊은 곳에
나무 한 그루 심지 못해
민둥산 벌건 흙모래가
내 마음 비탈길 주르르 훑어 내릴 때마다

바람이 물어다 준 민들레 하나도
받아들이지 못하는 내 마음의 땅
휘청거리는 걸음으로
황사바람 부는 4월의 거리를 걷는다

식목일이 훨씬 지난 오늘
바람의 입술도 시퍼렇다

신문을 다시 보기로 했다

지폐 몇 장과 일 년을 바꿔준다면
경제신문에 여성잡지까지 얹어 주겠다기에 떠맡았는데,

인터넷은 그보다 먼저 세상을 고자질하고
텔레비전은 훨씬 실감 나게 겁주고, 울리고, 웃기고,
끌고 다녀서
약속한 날짜 채우자마자 신문을 끊었는데,

젖은 운동화 말릴 때
수박 먹을 때
만두 만들 때
유리컵 깨뜨렸을 때,

냄새나는 습기, 침 묻은 수박씨, 베보자기에 뒤틀린 김
치와 유리 조각
질질 흐르고 뱉어지고 터지고 깨진 것들,

잘생긴 이들이 알아서 구겨지고
콧대 높은 이들이 엎드리고 깔려서

받아주고 젖어주고 찔려주는 것들이 없어서
몇 개월 끊었던 신문을 다시 보기로 했다

신발 뿌리까지도

나무가 나무에게 전화했다
목소리를 듣고 허락해야만 연결되는 콜렉터콜로
나무의 목소리에는 추위가 어둠에 둘둘 감겨 있었다

칼바람이 내치는 대로, 눈꽃들이 온몸을 조이는 대로,
발 시린 대로,
맘 시린 대로, 2년 동안 심어질 곳이 결정되는 대로,
또 연락하겠다며 허겁지겁 전화를 끊었다, 제가 통화
료를 내는 것도 아니면서

그저 하늘 향해 두 손 모아
고개 숙이는 것밖에 할 줄 모르는 어미
후드득
기어코 발등에 눈녹이물 떨어뜨린다

자대 배치 받기 전 이등병에게 걸려온 겨울 전화는
어미 나무의 신발 뿌리까지도 얼어붙게 만든다

11월이 웃고 있다

1. 어쩐지 싸다 했어

덩치 큰 낡은 복사기, 한 장 한 장 날렵하게 뽑아내지 못하고 복사지를 씹어댄다 천천히 해도 된다고 복사기 등 몇 번 토닥여 봐도 약해진 소화력은 뭉텅뭉텅 토하기만 하고……

달래는 것도 지쳤고 고치는 것도 구질구질하다 까무잡잡한 프린트기 들여놓으니 자기는 스캔도 못 뜬다, 복사도 못 한다 그저 컴퓨터 시키는 대로 프린트만 할 줄 안단다

2. 이 좋은 걸 놔두고 왜 싼 걸 사셨어요?

구관이 명관이지, 수리센터에 전화하자마자 달려온 서비스맨 수리비로 만 이천 원 달라며 묻는다

봄내 여름내 맺었던 인연들 아이들 말대로 쿨하게, 쌈빡하게 떠나보낸 후 폼 잡고 싶었던 11월이 새댁 프린트기 구댁 복합기 두 대 다 놓인 책상 너머에서 쓸쓸히 웃고 있다

Cy, 요즘 이별은

레이스 달린 파티복도
피고름 환자복으로 변하게 한다는군
채 지우지 못한 화장기는
그래서 노을빛 더욱 깊어만 간다지
그 방 앞에서는

기어코 칼질해서
착착 소금까지 뿌릴 건 뭐야
그렇게 하지 않아도
가슴은 이미 소금으로 절었는데

'나'를 용서하지 못해
'너'를 사랑하지 못하는 걸 눈치채지 못하고
말의 칼날 휘둘러대는 그 방 앞에서
멈칫멈칫하다가
기어코 클릭하고 마는 너는
어느새 그 예리한 칼날에 익숙해진 것 같다며
그냥 그렇게 웃고 있더군

인터넷 바다에 떠 있는

그 방, Cy 일촌 공개방 철문은 굳게 닫힌 채

독설과 야유로 칼날을 갈며

먼바다를 표류하고 있다는데

*CyWORLD: 대한민국의 소셜 네트워크 서비스.

아침마다

가스는 제대로 잠갔을까
뺏나, 안 뺏나, 다리미 코드는
에라 모르겠다

숨도 쉬지 말고 달려야 한다
8시 12분발 전철을 타기 위해선
그래야 석계역에서 내려
저만치서 달려오는 전철에 몸을 실을 수 있다

아무도 없는 사무실 창문을 열어젖힌다
새벽바람 결에 머리 감은 나무들이
아침 햇살에 머리를 말리고 있다
자판기에서 뽑은 커피 한 잔
가스, 다리미에 대한 걱정을 마신다
사무실을 향해 뛰던 달음박질 소리를 마신다
겨우 이 여유를 갖기 위해 이렇게 뛰어야 한다면
앞으로 얼마나 세상을 달려야 할까
문득 창밖 풍경들이 뿌옇게 흐려진다

양력과 음력이 껴안다

작심삼일로 끝낸 의지박약
게으른 내가 나를 다시 용서하라고
겨울 햇강 얼음장 밟으며
음력 설이 양력에게 새해를 밀어 올린다

해피 뉴이어!
발밑에 깔려 버둥거리던 양력의 얼음조각들
음력 새해를 반갑게 껴안는다

여자가 옷을 자꾸 사는 까닭은

자꾸 까먹기 때문이다

결혼기념 축하주로 산사춘을 사러 갔다가
슈퍼마켓에 돈만 내고 빈손으로 오면서부터
냉장고 위 칸에서
'소나무야, 소나무야' 라고 울리는
휴대폰 벨소리를 듣게 되면서부터
여자는 옷장 문을 열고 한참을 서 있게 된다

여직 벗고 산 것처럼
입을 만한 옷이 한 벌도 없다고 느끼는 순간
여자의 가슴에선 찬바람이 분다
그 바람 앞에 흔적 없이 마른눈물 닦아야 하고
그 바람 앞에 다시는 흔들리지 말아야 할 때
여자는 자꾸만 옷을 산다

유효기간이 한 철도 못 되지만
앞으로 옷을 또 산다면
정말 사람이 아니라면서

진작에 사람 아닌 사람이 되었다는 걸 잊은 채
여자는 오늘도 또 옷을 사러 나간다

11시 11분 + 4시 44분 + 10시 10분

1.

오전 11시 11분
컬러사진 처음 나왔을 때 보았다
노을 지는 한강을 배경으로 역광사진 찍고
헤어진 얼굴들
평행선 그리움만 껴안은 채
다음에 보자보자 하면서
기껏 다음(daum)에서 이메일로나 만나는

오후 네 시 四十 死분
한때는 나와 같은 세상에 살았는데
먼저 가신 분들은 어느 하늘에 계시는지
구름밭은 얼마나 일구셨는지

2.

어제 죽은 이가 그토록 갈망했을 오늘이란 날
인정을 덤으로 얹어주던 재래시장 입구
향긋한 느긋함으로 가득 차 있던 목욕탕
구수한 사투리, 안개꽃 수증기 속의 저 시계 불빛

그래서 낮보다 더 끓는 밤 熱시 十分

네 가진 능력 십분 더 발휘하며 살아야 한다고
하루 스물네 시간, 일 분 일 초까지
지폐처럼 세어주는 편의점 앞 전자시계 불빛 따라
헐떡거리는 그 맥박, 가래 끓는 호흡으로 생의 건널목
을 건널 때
상현달은 나를 따라오다가 숨이 찬지 구름밭 속으로
몸을 숨긴다

오늘의 할 일

권리만 가진 썰물가족 빠져나간 싱크대에서
의무만 남은 앞치마에 휘휘 적어 놓는다
오늘의 할 일을

냄비에 파알팔 끓인 초간장에 육쪽마늘 넣는다

라디오 속 여가수는 아침부터 애간장을 끓인다
'마음 변한 님이 나를 두고 떠나려는데
밧줄로 꽁꽁, 밧줄로 꽁꽁……'
(너는 좋겠다, 하고 싶은 말 화끈하게 내뱉어서)

해도 될 말 안 될 말
분간 못 해 내 마음 훔치지 못하고
조각조각 바닥에 나뒹굴고 있는 언어들
싹싹 걸레로 내가 먼저 나를 훔친다

오솝소리 서울의 눈은

벼르기만 했지
버팅길 줄도 모르고
파르르 떨다
오솝소리 고개 숙이는
맘 약한 계집애처럼

오랜 기다림의 끝이 이거였냐고
멱살 잡고 대들지도 못하고
목울음 스스로 삼킨 채

밤낮없이 유리 눈알 번득이는 빌딩 숲
징그럽게 타오르는
자동차 불꽃에 밟히고도
오히려 강퍅했던 건 자기였다며

달빛처럼 배시시 웃으며 돌아서는
저기 저
속없는 계집애

의도의 오류에 대한 한 보고서

중국집 배달원이 몇 번이고 고맙다며
우리 집 현관 앞에서 굽실거렸다

탕수육과 팔보채가 배달돼 오자마자
집에 있는 그릇에 옮겨 담았다
이따가 빈 그릇 가지러 올 것 없이
바로 가져가라고

사실은
다 먹고 내놓은 중국집 그릇 보고
앞집 할머니가 밥 두고 떡 해먹을 집이라고 흉볼까 봐
퇴근길 남편이 살림 어떻게 하는 여편네냐고 소리칠
까 봐
그래, 그랬는데

어쩌면 사랑도 이렇게 오는 것일 게다
이별도 마찬가지겠지만

의자를 갖고 다니는 사람들

춘천행 전동차 바닥에는 지하철을 공짜로 탈 수 있는
지공대사님들보다 김밥 냄새가 먼저 앉는다
세 끼를 꼬박 집에서 먹지 않아도 된다는 삼식님들의
홀가분함이 출렁출렁 커피믹스의 웃음도 따라 앉힌다

누군가 빼앗을 것 같은
언젠가 빼앗길 것 같은
그래서 낡은 시계 속 사무실 의자는
새벽 꿈속에서 허우적거리다 부서지곤 했지만

사람을 가려서 앉히는 높은 의자 버리고
앉는 곳이 자리가 되는 의자를 갖고 다니면서부터
전동차 맨바닥에 주저앉아 웃는다
신문지 의자에 새겨진 빛나는 이름들 깔고 앉아
경춘선 차창 밖 풍경을 커피 향과 나란히 올려다본다

의자 뺏기 놀이

6-1까지 가야 해
보문역에서 내리자마자 계단으로 뛰어올라야
혜화동 가는 버스를 놓치지 않아

어릴 때 의자 뺏기 놀이 해봤지?
'둥글게 둥글게······'
성질 급한 너는 호루라기 소리 들리기 전
의자에 앉았다 일어났다 토막 난 선분만 그렸지
막상 호루라기 소리 들리면
그 짧은 선분 하나 깔고 앉지 못했지

지금도 의자 하나 차지하려고
아니지, 시발역이니 의자는 많은데도
계단으로 바로 올라가려고
버스를 놓치지 않으려고
출발까지 남은 分을 分하고 分하며
6-1 가기 전에 들락, 바로 떠날 조짐 없으면 날락

짧은 선분 하나 깔고 앉지 못했던 초조함으로
지그재그 물결만 그리는 너

의정부 이름 없는 카페에서

어찌 저들뿐이랴
번호만 달고 살아가는 사람들이

은행에서 불리는 건 번호뿐이다
햄버거 집에서, 백화점 분식집에서도
우리를 부르는 띵똥 소리가 나면 번호표를 내놔야
햄버거를, 냉면을, 돌솥비빔밥을 만날 수 있다
자동차 번호판이 우리를 대신하고
라디오 프로그램에서도
휴대폰 끝 네 자리가 이름을 대신한다
우리의 주민등록번호는 한 개에 얼마씩 중국으로 팔
려나가고
몇 개나 되는 아이디와 비밀번호 사이를 오락가락하며
신용카드와 이메일 감옥을 하루에도 몇 차례 들락거
려야 사는 세상

그래서 우리는
의정부 교도소 근처에 있는 카페에 가면
말수를 줄인다

함부로 웃지도 않는다

죄 없는 자 돌을 던져라
예수의 그림자처럼 말없이 땅바닥에 성호를 긋는
산수유의 노란 그림자 그늘 속에서
왜 하필이면 그 카페 이름이
'무명'일까에 대해 깊이 생각해본다

'이따가이따가' 병 앓는 사람들

1.

봉지봉지 떨이로 외치고 있는 과일들 신호등 불빛 기다리며 무심코 내려다본다 꽃샘바람에 쑥밭 머리 이고 있던 노점상인 모처럼 눈길 손님 초록불에게 뺏길까 봐 허겁지겁 소리친다 마른풀 목소리로 "딸기 들여가요, 싸게 싸게 해드릴게요."

2.

"이따 오다 살게요."

등 따가워 건널목 중간쯤 뒤돌아본다 노점상인 쾡하게 젖은 눈길로 내 모습 따라오고 있었다 체념도 포기도 못 하게 하면서 시작도 끝도 보이지 않는 '이따가'를 좇는 내 마음, 내 마음의 그늘 뒤로 또 다른 '이따가'들이 줄레줄레 따라오고 있었다.

이명

귀에서 소리가 들릴 때마다
친구 한 명씩 죽어간다는데
그렇다면 내 친구들은 이미 다 죽었다
두 달 동안 소리가 그친 적이 없다

빈 항아리에 처박혀 아~ 아~ 할 때
내 귀에 울려 퍼지던 소리가
항아리 없는데도 들리고
심장 박동 소리
겨울에 듣던 전봇대 떨던 소리가
냉장고 고장 난 소리로 들리면서
잠도 잃어버렸다

이비인후과 한의원 돌아다니며 듣는 말
이상은 없으니 마음을 편히 가지란다
욕심도 버리라는데 지금보다 어떻게 더 버리라는 건지

그래도 버려야 산다는 말에
별 하나, 나 하나 세던 것 대신 중얼거린다

어제보다 좋아졌습니다
조금 전보다 좋아졌습니다
소리가 줄어들었습니다……

이명으로 인해 다 죽은 친구들을 한 명 한 명 살릴 생
각에
거짓 기도를 한다

이문동 기찻길 옆 늙은 나무는

1.

나무는 이제 귀가 먹어 다행이라고 생각했습니다

"오지 마, 가까이 오면 다쳐!"

쉴 새 없이 땡땡거리는 차단기의 잔소리

"1초만 빨랐어도 너를 짓밟고 건널 수 있었는데, 재수 옴 붙었군."

차단기의 손사래 앞에서 내뱉는 행인들의 가래침 끓는 소리

"그것 봐, 죽기 싫으면 참아야지 니깟 것들이 벨 수 있냐?"

거드름 피우며 지나가는 기차들의 와와 고함소리

평생 듣던 그 소리를 이제는 못 들으니 말입니다

나무는 얼마 전 머리를 박박 깎았습니다 까치가 자기 머리 위에 집을 지어서 누전사고를 일으키기 때문이랍니다 그래도 나무는 다행이라고 생각했습니다 목이 부러지거나 팔다리가 잘린 게 아니니까요 다만 이 넓디넓은 서울에 살면서 까치가 그렇게도 오랫동안 집 없는 설움을 겪었을 거라는 게 안쓰러울 뿐입니다

2.

나무는 요즘 기차놀이를 합니다 멋도 없이 키만 큰 전
봇대 허리와 자기의 휘어진 허리를 몇 겹의 비닐 끈으로
길게 늘여 묶어 놓고는 종일 그 자리에서, 손님도 없이,
전봇대 기관사와 둘이서 하는 기차놀이 그러나 참 다행
입니다 다리에 기운이 빠져 서 있기도 힘들다는 걸 어떻
게 알았을까요

나무는 오늘 웃고 있습니다 귀먹고, 암 환자처럼 머리
깎기고, 눈만 뜨면 달아나는 치매 걸린 노인처럼 기둥에
허리가 묶여 있지만 한 노파가 종이 봄옷을 입혀주었기
때문입니다

(구청직원에게 들킬까 봐 살짝살짝 눈치를 보면서도
도우미가 주야로 대기하고 있다는 노래방 광고지를 붙
였습니다 그 노인의 점심값을 붙였습니다 그 노인의 봄
을 붙였습니다 동대문구 이문동 기찻길 옆 늙은 나무가
종이 봄옷으로 갈아입었습니다, 꽃샘바람 불고 황사 바
람 부는 오늘 아침에)

인연 놀이

교통체증으로 인한 내 안의 체증을 가라앉히기 위해
앞차의 번호판을 유심히 본다

5678-5679
가지 마라, 오지 마라, 발버둥치지 않아도 오늘 밟고
있는 이 길은
끝자리 하나 다른 인연으로 나란히 달려야 하는 정해
진 길

4689-9864
앞으로 더하나 뒤로 더하나 같은 숫자 27

마티즈 1234-에쿠스 1234
큰 집에 사나 작은 집에 사나 세끼 밥 먹긴 마찬가지

빠빠빵~ 신경질적인 클랙슨 소리
일빨리, 일빨리 하다가 빨리 죽고 싶어 안달이 난
1818 번호판을 붙인 승합차가 찬바람을 일으키며
내 앞을 가로막는다

병아리 떼 종종, 어린이 보호 차량, 어린이가 타고 있어요

유치원 가방 메고 노란 모자 쓴 아이들 가득 태운

점잖게 생긴 원장님이 18, 18 욕사발을 퍼붓고 있다

운전대 잡고 숫자놀이 그만하고 집에 가서 밥이나 하란다

하루에 한 번 하는 밥통밥, 그때그때 하는 놀솥밥,

공장에서 나오는 햇반, 무슨 밥으로 할깝쇼 밥은 금방하는데

일상의 가방 속에서

짐을 잔뜩 싣고서야 알았다
내가 나를 팽개친 그 자리에서
허구한 날 새우잠 자고
어제의 찌꺼기를 못 지운 채 허둥지둥
따라나서는 일상의 가방을
뒤지고 털어봤지만
신용카드는 진작에 달아나버렸다

꽃 한 송이
풀 한 포기
실바람 한 점 없는 그 곳

그 안에
여러 대의 차가 뒤엉켜 있었다
녹색 신호등 무시하고 냅다 달려들기만 하던
오늘은 없고 내일만 있던

내 갖고 있는 건 다 잊고
남 가진 것만 탐내던 자동차, 자동차들

그 차들이 앞차를 들이박고
뒤차에 받쳐 나뒹굴고 있었다

자명종

시키는 대로 했는데 얻어터진다
울어라 울라 해놓고 그치라고 다그친다
울음 끝이 길수록 발길질도 심해진다

빨간 숫자 문득 고개 쳐든 날
눈치도 없이 새벽부터 운다며
이불 속에 파묻기도 한다

다시는 안 볼 것처럼
구석으로 내팽개쳤다가
내일 또 부려먹을 생각으로
슬그머니 제자리에 갖다 놓는다

죽이지도 않고 살리지도 않으면서
산 건지, 죽은 건지 모를 사람 하나가
거울 속에서 졸린 눈을 비비고 있다

잘 나간다 싶을 때

—초가을이면 빙하기로 접어들어 휴대폰 단축키조차 누를 수 없는 강원도 최전
방에서

저는 지금 몇 시간째 나무만 보고 있습니다
700미터 고지에서 닷새 밤낮을 지새우고 있는
저를 읽고 있습니다, 저 자신과 통화하고 있습니다

바람만 불었다 하면 납작 엎드리는 나뭇잎 중 하나가
옆에 있는 나뭇가지로 옮겨 앉았습니다
바람의 등에 업혀
자기를 떨궈낸 곳보다 오히려 조금 더 높은 곳으로

바람이 붑니다
아주 미세한 바람입니다
다른 나뭇잎은 끄떡도 않는데
아까 그 나뭇잎만 곤두박질하고 말았습니다

떨어졌는지, 떨궈졌는지, 잘 모르겠습니다만
조금 더 높은 곳으로 갈 수 있다고
자리를 쉽게 옮기는 건 아닌 것 같습니다

전동차는 달리고

"내 나이 돼 봐요, 누구 하나 속 시원히 뭘 가르쳐 주
는 사람 있나……"
　손수건을 파는 노인에게 젊은이들 손사래를 친다

　어디로 가는 것이 지름길일까
　어떻게 가야 너와 나
　향그럽게 서로의 땀방울 닦아줄 수 있을까

　지하철 노선표가 인쇄된 손수건에 코를 박는다
　안개주의보 짙어가는 눈을 비비며
　내려야 할 역 간신히 찾았을 때

　어느새 전동차 문 스르르 닫히고 있었다

조병화의 첫사랑을 읽다가

남편을 중동 근로자로 떠나보낸 새댁
그리움 꽃신 자박자박 걸어 나갈까 봐
저녁 대문 쓱쓱 잠그러 나가면
옆집 선옥이 부부 밤나무 숲에 얼크러져 있었다
자기 이름 석 자조차 못 쓰고
허리가 우물 뚜껑만 해도 자기 각시라고
얼굴이 얽은 두레박 신랑 업다가 엎어지고, 업다가 엎
어지고,
일어나 업다가 다시 얼크러지면서
밤나무 숲에 질펀하게 뿌려대던 그 달빛 웃음소리
밤꽃내보다 더 진하게 퍼 올릴 때마다
개구리 울음소리 밤새 귀청을 때렸다
스물일곱 그리움, 새댁과 함께 울었다

주인이 미쳤어요

—청량리 정신병원에서 그리 멀지 않은 사거리에 허리가 번쩍번쩍 빛나는 삼각김밥 수영복 팬티를 걸친 여자가 사각 링 라운드걸 되어 두 팔을 치켜들고 서 있다

주인이 미쳤어요
어제 망한 집
똥값 대처분

더 아래, 그 아래로는 내릴 수 없다며

비키니 수영복 고무줄 위로

친친 감겨 있는 강력 스카치테이프

그 테이프만큼 번쩍이는 눈빛으로

옷 가게 주인이 문 앞까지 나와 뺑뺑이를 돌고 있다

똥값이라고, 어제 망했다고

그것도 부족해 스스로 미쳤노라고 해도

살기 어려운 생의 사각링

라운드걸 마네킹을 앞세워

오지 않는 손님을 기다리고 있다

미치지 않기 위해서

줄

그놈이 개수대 옆에 떡하니 자리 잡을 수 있는 건
순전히 줄 때문이다
그놈은 '음식물 쓰레기통'에서 '통'은 빼고
'냉장고'를 더할 수 있게 된 것이
전깃줄 덕이라는 걸 알기에
스테인리스 몸통에 플라스틱 모자 쓰고
점잖은 척, 깨끗한 척
줄에 꼭 매달려 있다

나라고 줄이 전혀 없는 건 아니다
몇 백이 넘는 핸드폰 연락처 숫자가
세상 줄을 꼭 잡고 있다

그런데 왜
그놈의 뱃속에서
쓰레기가 아닌 척, 신선한 척하는 것들을
아파트 음식물 쓰레기통에 쏟아 부으며
그놈의 환상을, 착각을, 자존심을 비웃고 싶은 걸까

내 휴대폰 속 연락처 숫자는
500을 넘어선 지도 한참 됐는데

찬밥 한 덩어리

문예지 봉투를 하나하나 뜯는다
우르르
그 속에서 쏟아지는 찬밥 덩어리들
아무래도 갓 지은 맛이 나지 않는다

그 밥 한 그릇 지으려고
잠 못 이뤘을 시인들의 충혈된 눈빛과
숯이 된 신경세포 낱낱이 거둬 모아
내 가슴에 삭정이 불 지펴보려 하지만

제때제때 안 먹고 탱탱 얼렸다 녹여 먹는
나 같은 사람 때문에
시인들은 허구한 날
빈 하늘만 올려다보며
바람과 소리 없는 이야기 나누겠지

따끈한 밥 퍼주고도 찬밥신세가 되고
탱탱 언 밥 녹여 먹여서인가
늘 허기지는 이 세상

참가재 한 마리로는

오래전 사 두었던 참가재는 빛이 바래 누렇게 말라
있고
해오라기 몇 마리는 저희끼리 서랍 속에서 엉켜 있다
아무도 찾지 않는 서러움을 그렇게 끌어안고 있다

전화 목소리 마음만으로는 부족해
밤새 연필 꼭꼭 눌러쓴 그 숨결 향기 사라질까
편지봉투 곱게 여며 참가재 한 마리 붙이면
두메산골 가리지 않고 달려가 주던 집배원의 은빛 바
퀏살

자전거 대신 오토바이 굉음이 아파트 광장을 가로지
른다
세금 고지서와 홍보물만 우편함에 싣고서
〈축 결혼〉과 〈부의〉라고 쓴 봉투만 들고
사람의 숲을 헤매고 다니는 사이에
백칠십 원짜리 참가재 한 마리로는
은빛 자전거가 달릴 수 없게 되었다

마을버스를 기다리다 기어코 택시를 불러 세우는

휴대폰을 귀고리처럼 매달고 살아가는

귀는 작아지고 입만 커진 내 외로움을

뉘엿뉘엿 겨울 햇살 아래 누군가가 그물질하고 있다

아파트 정문 한구석에 먼지를 뒤집어쓰고 있는

아구리 큰 개구리 빨간 우체통이 우푯값이 오른 줄도
모르고 사는 나를 쏘아보고 있다

청춘열차

싱숭생숭한 햇살이 청량리에서 무임승차했다
잽싸게 휴대폰 속으로 기어들어 간 햇살은
춘천이 가까워질수록 제자리에서 종종거린다

공지천, 다리통이 굵은 처녀상 앞에서도
문자를 살렸다 죽였다 하던 햇살은
기어코 휴대폰 속에서 나오지 못했다

춘천역 앞에 있는 멋있어요, 秀와
좋아, 좋아, very, very good!
V를 겹쳐놓은 W, 모텔 네온사인 불빛 사이로
청춘열차는 떠나고
가방 속에 처박힌 햇살은
휴대폰과 살을 섞고 있었다

체크무늬 바지

체크바지가 내 몸을 입었다 벗었다,
윗도리가 내 몸을 입었다 벗었다,
벌써 몇 번짼지 모른다

붉은색과 파란색은 잡은 줄을 놓지 않는다
초록과 노랑도 죽죽 뻗어 있다
잡을 수 있는 끈, 누릴 수 있는 줄
체크는 바지통을 뺑 돌아가면서 기세등등하다

체크바지 비위를 맞출 윗도리가 없다
꽃무늬는 촌스럽고
반짝이는 유치해서
어떤 무늬든 체크의 사각 속에 가둬 놓고
끊임없이 체크, 체크!

윗도리가 체크바지를 밀어낸다
옷장 속에 쌓여 있는
민무늬 바지 하나 끌어당긴다

체크무늬 바지 도로 옷장 속으로 들어간다
체크의 사각이 형편없이 찌그러졌다

추석 이틀 전

남산 케이블카가 오르내리는 게 빤히 보이는 충무로, 충무로에서 출판사를 하는 김 사장은 오늘 화장실도 제대로 못 갑니다 회전의자 빙 돌려 사무실을 등지고 앉았지만 다닥다닥 달라붙는 직원들의 눈총이 그 자리에 붙박이게 합니다

길 건너 은행나무 옆에 있는 '우리은행'은 너의 '우리'도 나의 '우리'도 우리의 '우리'도 아닙니다. 숨지도 못하게 하고 도망치지도 못하게 하고 날도 뛰도 죽지도 못하게 추석을 가둬놓은 '짐승의 우리'가 된 지도 한참 됐습니다

'우리은행' 앞에서 누군가 잘 익은 은행을 터는 사람을 보며 떠올리는 단어 '은행털이', 은행 옆에 있는 'Hang bok 웨딩홀'의 '행복'이 복을 목매단 채 '항복'으로 읽히는 김 사장은 추석 보너스를 기다리다 지쳐서 직원들이 가랑잎처럼 날려가 버린 텅 빈 사무실에서 중얼거립니다

이런 날 케이블카를 타는 네 놈은 누구냐, 나는 오줌도 제때 못 누는데

칠면조와 체감온도

서울 하고도 양천구
양천구 하고도 신정역에
펭귄 걸음
칠면조 한 마리 나타났다

채송화가 수놓인
키 작은 노인용 초록색 골덴바지
발목이 훤히 보이는 그 바지 아래
삼중 보온 메리 분홍색 내복이
연변 처녀 눈빛으로 거리를 훔쳐보고 있었다
색깔 바랜 나일론 갈색 잠바 위에는
친정어머니가 손수 짠 회색 털목도리가
뱀처럼 똬리를 틀고 있는데

'지금 네 나이에 엄마는 손자를 봤다, 이눔아!
이 추위에 너 얼어 죽을래?'
소셜포지션을 들먹이는 아들 때문에
보라색 비로드 원피스를 입고 나갔다가
느닷없이 친척 결혼식장에서 친정으로 끌려갔다

공덕역 놓쳤으니

이번 청구역에선 꼭 갈아타야 하는데

힐끔힐끔 바라보는 사람들 눈이 시려 내리지도 못하고

그날 삐질삐질 땀 흘리는 사람은

나밖에 없었다

체감온도 영하 23도였던 그날

카카오톡 얼굴 자리

하루에 한 번은 문안 인사를 올린다
얼굴들은 대체로 웃고 있다
사는 게 그럭저럭 재미있고 별로 거리낄 게 없다는 표
정이다
그들 중엔 십 년이 넘도록 빚진 돈을 갚지 않은 얼굴
도 있다
('정직이 최선'이라는 문구와 함께)

얼굴 대신 새벽잠을 깨우는 고양이, 끼고 사는 애완견,
애마 자동차,
수많은 꽃 중 상사화를 올려놓은 사람, 사람들……
사진 속에 담긴 행간을 오른손 검지로 쓱쓱 문지르며
그들의 안부를 확인한다.
(내 돈을 떼어먹은 사람까지도……)

일 년 가야 전화벨 한 번 울리지 않는
친구 아닌 친구들도
전동차 안에서 혹은 화장실에서
검지로 내 삶을 문지르며 훔쳐보겠지

반찬하고 남은 무 꽁다리에서 핀 연보랏빛 장다리꽃을
내 얼굴 자리에 올려놓는다.

(나 이렇게 소박하게 살고 있다우! 강조하면서)

탯줄

어머니 다녀가신 지 일주일 만에
자줏빛 국화 화분이 오만 원이나 된다는 걸 알았다
6천 원짜리 화분 만지작거리는 내게 눈짓하는
남편과 꽃가게에서 나오며
어머니가 사 온 것과 닮은 화분값을 재빨리 물어 알았다

아버지 병수발 들다가 어깨 힘줄 끊어지고
허리디스크 삼각형으로 찌그러진 어머니

아버지, 어머니 반평생 산 연립주택 2층에서
아버지 오르내리려면 오만 원씩 주고 누군가에게 업
혀야 하는데
어머니는 아버지 업혀 올라갈 돈으로 화분을 사 오셨다
전원주택까지 있는 딸네 집 가을향기 선물하느라

"엄마, 일주일 사이에 꽃이 활짝 피었어요."
카톡으로 꽃 사진 보내고 가만히 들여다보니

절절 끓던 땡볕 참아내고

겨울에는 탱탱하게 얼어 있다가
물컹, 급하게 밭으로 갈 때 짓밟혀 여기저기 터진
비닐 호스가 화분 옆에 웅크리고 있었다

중풍 환자 삼시 세끼 밥해대느라
김치에 물 말은 밥 외엔 못 드시는 어머니
아무리 없이 살아도
딸에게 오실 때에는 김치에 고추장까지 챙겨오는
어머니의 사랑 탯줄이 화분 옆을 지키고 있었다
혹시나 목마를까 걱정되어 동그랗게 웅크리고 있었다

테두리 두레상을 들면서

유리그릇들이 자꾸만 깨져나간다
세월의 더께가 끈적끈적 달라붙어 있던
테두리 있는 밥상을 버렸더니만

아파트 화단에 목련꽃망울이
강아지, 강아지 고추만큼 피었다느니
그 꽃나무 위에 앉아 있는 새가
피피픽 연필 깎는 소리를 낸다느니

식탁을 놔두고도 거실바닥에 질펀하게 둘러앉아
틀어놓은 텔레비전 노랫소리에
달그락달그락대는 수저 소리
세상 모든 소리 하나도 흉 되지 않는 집에서는
테두리 두레상이 제격이다
덕지덕지 묵은 때가 찌들어 있어도

똑같은 힘, 똑같은 높이로 밥상을 마주 들지 않으면
언제고 주르르 그릇들이 미끄럼을 타는
저 무한평등의 세상
높낮이 없는 어울림

판옵티콘

1. 모두 다 보고 있다
누군가가 공중전화에 매달려 악을 쓴다
낡고 지친 심장 한가운데가 뻥 뚫려 있는지
부르르 쥐고 있는 그의 휴대폰이 금방이라도 부서질
것 같다
(그는 지금 판옵티콘에서 탈출한 게 분명하다)

―둥그렇고/어둡고/머리 꼭대기에 있으면서 늘/다/내
려다보며 일거수일투족을 감시할 수 있는, 길만 잘 들여
놓으면 감시의 눈초리 거두어도 권위를 벗어난 이메일
한 통 보낼 수 없고 감미로운 전화 한 통 걸 수 없게 만
드는―

2. 아무도 없다
(여보세요~ 여보세요~)
―손톱만한 허점이라도 보이면 바로 찔러 날름 집어
삼킬 것만 같은 보이지 않는 그 높고 깊은 방 잠시 벗어
나 누군가를 애타게 부르지만 대답해주는 이 아무도 없
다―

그 누군가도 지금쯤 햇살 따뜻한 시놉티콘에 나가
'여보세요~'를 애타게 부르고 있을 것이다
신호음만 길게 울려대는 공중전화에 목을 매달고

* 판옵티콘은 18세기 영국 철학자 제러미 벤담이 죄수를 효과적으로 감시할
  수 있도록 고안한 원형감옥을 말한다. 시놉티콘이라는 말은, 아고라라고
  불리기도 하는데 그리스어로 마당이라는 뜻을 가지고 있다.

핑계

요즘엔 머리에 꽃 꽂은 사람만
중얼거리지 않는다
늙은이나 젊은이나
여자나 남자나
달리는 지하철 속에서 혼자 중얼거린다
혼자 웃는다
혼자 고스톱하고
혼자 바둑 두면서
혼자서도 잘 논다

귀에 이어폰을 꽂은 사람들은
조금 더 잘 논다
누가 듣든 말든 쳐다보든 말든
혼자 노래 부르고
혼자 손가락으로 브이 자를 그리며 사진을 찍고
혼자 큰 소리로 욕을 퍼붓기도 한다

지하철이 앞으로만 달리기 때문인가
그것도 언제나 똑같은 속도로만 달리기 때문인가

뒤를 돌아다볼 수도 없고
옆으로도 못 가고
그저 정해진 길로만
그것도 약속 시간까지 달려야만 하기에

아니, 휴대폰 때문인가
저 혼자서도 잘 놀게 한
아니, 아니, 뭐든지 네 탓으로 돌리는 내 습관 때문인가

헹가래는 혼자 칠 수 있는 것이 아니야

높이높이 더 높이
끝날 것 같지 않던 헹가래 멈춘 곳에
갈까마귀 깃털만 날렸지

가만 가만
이 깃털은 앵무새, 요 깃털은 십자매
이건 누구 것?

검정 제빛에 지쳐 학력위조 남의 깃털
몰래몰래 꽂고 살던 갈까마귀 까악깍

높이높이 더 높이
헹가래치다 떨어뜨려 놓고
숲 속으로 빗물처럼 스며든
새들을 향해 갈까마귀 혼자 울부짖고 있다

현대판 개미와 베짱이

게으름 피우다 끼니 잇기 어려워진
베짱이가 개미한테 얹혀사는 건
우리가 다 아는 옛날이야기

그런데 요즘엔 이렇다는군
평생 땡까땡까 놀던 베짱이가 죽자
평생 죽자 살자 일만 하던 개미가
그 베짱이
그리워 그리워하다
죽는다는군

자기도 모르는 새
베짱이 노래에 길들여진
개미 사랑 얘기 듣자니
떠오르는 사람 있지

수족을 제대로 못 움직이는 아버지
긴 병에 효자 없다는 말
쉬쉬 감추느라 수수깡처럼 말랐건만

십 년 만에 아버지 입원하신다니

잠 못 이루는

울 엄마

호박 식혜

아낀다고, 오래 먹겠다고
김치냉장고에 둬 둔 호박 식혜를
깜빡했다

꽝꽝 언 식혜를 꺼내 놨는데
이번에는 다 녹아 부글거릴 때까지 잊었다

병원에 간 며느리 볼까 급한 마음에
싱크대 수챗구멍에 버렸는데
식혜는 둥둥 뜰 뿐 내려가지 않는다

냄새나는 수챗구멍에 손을 넣고 휘저어도
밥풀들은 나의 무관심을, 나의 게으름을
용서하지 않는다

조금만 생각했으면 수챗구멍이 아니라
거름망 있는 음식물 쓰레기통에 버렸으면
한 번에 해결할 것을……

결혼 35년 차 시어머니 됐다고
며느리에게 '생각 좀 하고 살라'고 말했던 내게
호박 식혜가 한마디 한다
'너나 생각 있이 살라고……'

호주머니 속에 산새를 키우다

　호주머니가 불룩하다는 걸 알면서도 옷장 속에 넣을 때가 있다 택시에서 내리며 허겁지겁 넣은 동전 몇 개 음식점 나오면서 집어 든 박하사탕 선거용으로 돌리 듯 건네준 명함 그것들이 들어 있는 호주머니를 못 본 척 옷장에 걸어둔다

　둥지 안에 잠자고 있는 산새알이 뒤꿈치를 들고 숲에서 나올 때까지 한동안 잠을 푹 재우고 나면 호주머니에선 산새 소리가 난다 그것들은 자판기에서 선심 커피도 뽑아주고 전동차 안에서 하모니카를 부는 맹인부부의 화수분을 엎어 놓은 바구니에서 날갯짓 치는가 하면 교외선 기차를 타고 떠나고 싶은 날 그 새끼 새들은 비비비 박하사탕 껍질 벗으며 나를 달래준다 한 계절이 지났는데도 똑같은 명함 나눠주며 여전히 처음 뵙겠다는 사람에겐 그냥 웃어주라고 명함 끝 구겨진 그 여린 부리로 내 손등을 찔러보기도 한다

　함부로 보일 수도 없으나 감출 재간 없어 그래도 호주머니 불룩한 날에는 컴퓨터 앞에서 산새 알을 보낸다 다

록다록 자판기를 달래 세상에 대한 욕심으로 얼룩진 산
새 알을 보내 놓고 한동안 푹 재우고 나면 내가 내게 달
아 놓은 캄캄한 호주머니, 비좁고 어두운 이메일 속에서
산새가 운다 너무 잦은 산새 소리는 오히려 내가 산새
알이 되는 거라며 이제 그만하라고 이따금 내 손등을 쪼
아대곤 한다

휴대폰 외사랑

영락없다
휴대폰이 울기 전 전파가 먼저 앓는다
컴퓨터 스피커에서 '지직지직'
두통 오는 소리를 내면
잠시 후 휴대폰이 울린다

누굴까
그 앓는 소리와 함께 떠오르는 얼굴
금방이라도 달려올 것처럼 달뜨게 해놓고
매번 그 기대를 배반하는

내 가슴에 얼음 한 덩이 올려놓는다
나도 오늘은 너를 배반하리라
가슴 변죽만 울리고 손끝에서 허물어지는 너
휴대폰을 끄고 우주를 감아버린다

흐린 비 내리는 날 종이학 카페에 간다

세상 욕심으로 눈이 흐린 날 중앙선 전동차를 탄다
하루를 데리고 갈 곳 없는 노인들
덕소역에서 한 무리
운길산에서 또 한 무리 빠져나가면
주섬주섬 나를 챙겨 양수역에서 내리라 한다

더러는 빠지고 때로는 휘어지고
너덜너덜한 내 삶의 우산 위로
타박타박 걸어온 빗 발자국

결코 날 수 없는, 그러나 훨훨 날고 싶은 꿈 버리지 않는
종이학 카페에 들어서서 빗 발자국 탁탁 털어내면
모차르트 밝음과 하이든의 경쾌함이 통유리창 창가로
이끈다

가장 좋은 자리에서 가장 잘 보이는 불빛
'양수 장례식장' 전광판이 선지 빛처럼 굳어 있다
生과 死가 강물 하나 사이에 끼고 흐르는 카페에 앉아
있으면

내 눈을 가리고 있던 흐린 날

헤이즐넛 향기 속에 서서히 하늘 날 준비를 한다

유머러스한 표현 속의 슬픔과 아픔, 그리고 기쁨

이승하(시인 · 중앙대 교수)

시에 대한 정의가 많다. 아리스토텔레스는 "운문으로 쓴, 자연을 모방한 것"이라고 하였다. 공자는 "시에는 뜻이 있어야 한다. 마음 안에 있으면 뜻이지만 그것을 문자로 나타내면 시가 된다."고 하였다. 그러고선『시경』에 실린 시의 효과에 대하여『논어』에서 "詩三百一言以蔽之曰思無邪"라고 하였다. 시를 많이 외우고 있으면 마음에서 삿된 것(욕망)이 모두 사라진다는 동양 최초의 시론이다. "시란 악마의 술"이라는 그럴듯한 말을 한 이는 아우구스티누스였고 "붓을 놓자 풍우가 놀라고 시편이 완성되자 귀신이 운다."는 멋진 말을 남긴 이는 두보였다. "넘쳐흐르는 정감의 힘찬 발로"가 시라고 한 이는 워즈워스였고 "시란 도덕이나 진리를 목적으로 하지 않고 그 자체가 목적이다."란 기가 막힌 말을 한 이는 보들레르였다. 말라르메는 시를 "극점에 달한 언어"라고 하였고 하이데거는 "언어의 건축물"이라고 하였다. 앙리 미쇼는 "시는 언어로 하는 일제사격이다."라는 인상적인 정의를 내렸다. 이외에도 시에 대한 정의는 너무나 많다. 시가 언어의 연금술이라고 한 이가 누구인지는 모르겠다. 중세의 연금술은 화학의 발전을 가져왔지만 각종 금속을 제련하여 금을 만드는 데는 실패했다. 시 쓰기란 실패할 것을 알면서도 시도하는 언어의 연금술이다. 돌탑을 축조할 때 우리가 마음으로 기원하는 것이 있는 것처럼 언어를 골라 시를 쓰는 과정도 비슷하다. 무엇인가 바라는 것이 있다.

해설자는 시란 결국 '말놀음'이라고 생각한다. 고상하게 말하면 '언어유희'이고 속되게 표현하면 '말장난'이다. 말장난을 영어로 번역하면 펀(pun)이 될 것이다. 특히 다의동음이의어를 이용한 말장난이 펀인데 시집 제목인 '세상의 모든 금복이를 위한 기도'부터 그렇다. 사실 명시의 명구는 언어유희적인 속성이 강하다. '깃발'을 "이것은 소리 없는 아우성"이라고 했을 때, 우리는 이것을 역설적인 표현, 혹은 감각적인 표현이라고 하지만 모순과 불일치를 용납하는 것이 시이므로 이런 역설적인 표현이 시를 살린다. 정지용의 명구 "해설피 금빛 게으른 울음을 우는 곳"(「향수」)이나 김광균의 절창 "퇴

색한 성교당(聖敎堂)의 지붕 위에선 분수처럼 흩어지는 푸른 종소리"(「외인촌」)를 우리는 공감각적인 표현이라고 상찬해 마지않지만 사실은 몽상가의 언어가 아닌가. 의사소통을 위한 정상적인 말이 아닌, 돌연변이와도 같은 이런 언어유희에 우리는 감탄한다. 이런 구절이 시를 의사소통만 가능케 하는 일상어로부터 우리를 예술의 세계로 탈출시킨다. 이런 말의 사기술에 범인(凡人)은 감탄하고, 감동하고, 찬사를 보낸다. 시집의 제목이 된 시부터 먼저 보자.

나조차 내가 어떻게 살고 있는지 몰라 잠 못 이루는 밤 내 이름을 인터넷 검색창에 찍어본다

옆집 아줌마가 작가래/서금복
할머니가 웃으실 때/서금복

여기까지는 좋다 그 아래로 내려가면 모임 홈페이지에 아무 생각 없이 올려놓은 글이 줄줄이 사탕이다 푼수가 됐든 팔불출이 됐든 괜찮다, 괜찮아 어쨌거나 내가 쓴 글이니까 그러나 점점 아래로 내려갈수록 오, 하느님을 부르게 된다

영화 아홉 살 내 인생 주인공 오금복
중국 장애인 서금복을 찾습니다

뭇 남성을 끌어들이던 금복의 향기는 사그라들었다
의정부에서 금복이를 찾다, 개를 찾아주신 분께 감사
──「세상의 모든 금복이를 위한 기도」 부분

'옆집 아줌마가 작가래'는 서금복 씨가 2002년에 낸 수필집의 제목이고 '할머니가 웃으실 때'는 2003년에 낸 동시집의 제목이다. 인터넷 검색창에다 본인의 이름을 쳐보니 이렇게 나오는 것은 당연지사, 아무 문제가 없다. 그런데 영화 〈아홉 살 내 인생〉의 주인공 이름이 오금복이란 것을 알게 되고 중국 장애인 서금복을 찾는 광고를 보니 기분이 묘해진다. "뭇 남성을 끌어들이던 금복의 향기"의 '금복'은 금복주를 가리키는 것이 아닐까. 대구에서 만들어낸 소주의 이름인 금복주. 의정부의 어느 가족이 키우던 개의 이름이 금복이인 것을 알게 되니 기분이 좀 그렇다. 하지만 곧 이름이 같은, 행방불명된 중국인 서금복이 더는 불행해지지 않기를 마음속으로 빈다. 그리고 의정부에서 며칠 없어졌다가 찾았다는 금복이라는 이름의 개가 다시는 가출하지 않기를 마음속으로 빈다. 이런 바람은 기도가 된다. "오 하느님! 이 깊은 밤 무릎 꿇고 진정 비노니 저로 인해 다른 금복이들이 피해받지 않게 해주시옵고, 그러나 힘이 좀 남으시거든 또 다른 금복이들로 인해 제가 오해받지 않게 해주옵소서 오 하느님~ 하느님~" 하면서 이름 때문에 오해받는 일이 없게 해달라고 빌고 있다. 동명이인이 세상에는 왜 이렇게 많은지. 이름자로 말미암은 오해는 우리도 일상에서 얼마든지 겪는 일이 아닌가. 꼭 편이 아니더라도 말이다. 시인의 경험담을 좀 더 찾아보자.

> 사과를 해도 받아주지 않는다
> 까맣게 눌어붙은 상처가 벗겨지지 않는다며
> 전화를 끊는다
>
> 그새 감자 솥이 까맣게 탔다
> 사과 껍질 넣고 끓이면 눌어붙은 걸 벗겨낼 수 있다지
> 껍질뿐이겠는가, 사과 하나 잘라내 씨까지 끓였다
> 며칠 물에 불려도 소용없던 숯검정들이 차츰차츰 벗겨진다
>
> 껍질을 벗긴 자존심
> 가슴속 미움의 씨까지 쪼갠 사과가 다시 전화를 건다
> 이번엔 푹 끓여야겠다
>
> ―「사과」 전문

제 1연의 사과는 'apology'다. 제 2연의 사과는 'apple'이다. 제 3연의 사과는 화자다. "사과를 해도 받아주지 않"던 당사자에서 시적 화자로 바뀌어 있다. "가슴속 미움의 씨까지 쪼갠 사과"인 화자의 "껍질을 벗긴 자존심"

이 얼마나 재미있는 표현인가. 이번 시집에는 이런 재미있는 표현들이 속출한다. 동음이의어나 음상(音相) 같은 우리말의 재미를 추구한 시가 얼마나 많이 나오는지 헤아리기 어렵다. 몇 편만 예로 든다.

위 아래로 흔들고 젓가락으로 쑤석거려 알갱이 하나하나 빼내듯 팔당댐을 허리춤에 끼고 도는 터널 그 좁은 주둥아리 통과하고 나면 가장 먼저 눈에 띄는 〈휴계매점〉 아, 그것 좀 고치지 벌써 몇 년째야 휴게실의 〈게〉자도 모르나

(······)

그래도 뭣 좀 안다 해서 함부로 가르치려 하면 안 되는 세상이다 우리 동네 태권도 도장 간판은 틀린 글자 달고도 석 삼 년째 버티고 있다 〈굿세고 강한 태권도〉 도장 간판은 늠름하게 생긴 사범과 함께 〈굳〉세게 발차기를 하고 있다.

— 「〈굿〉세고 강한 〈휴계〉매점」 부분

'휴게매점'을 '휴계매점'으로 잘못 쓰고 있는 팔당댐 근처의 가게와 '굳세게'를 '굿세게'로 잘못 쓰고 있는 동네 태권도 도장의 간판을 몇 년째 봐 오다가 문득 생각을 바꾼다. "내가 모르는 〈휴〉자와 〈계〉자가 서로 짝지어/또 다른 〈휴계〉로 당당히 제몫 하는데/터널을 빠

져나오느라 〈휴게실〉에 갈급했던 내가/〈휴계〉가 〈휴게〉
이길 원했던 것은 아닐까" 하면서 말이다. 태권도 도장
간판도 맞춤법은 틀리게 썼지만 도장 운영에는 아무런
지장이 없었다. 이런 일을 계기로 화자가 나는 왜 융통
성이 없나, 고지식한가 하는 반성도 해보는 것이려니.
'부저'(buzzer)라고 표기해야 하는데 '부자'라고 쓴 것도
시인의 예리한 시선에 포착됨으로써 시가 된다.

　　벨을 누르려는 순간

　　버스 문짝에 붙어 있던 스티커 문구가

　　화들짝 내 문 안으로 뛰어 들어왔다

　　〈부자가 울리면 문은 자동 개폐됩니다〉

　　외국 투자자들 맘대로 그려놓는 주식시장 꺾은선 그래프

　　질 좋은 컬러인쇄로 발길 끄는 대형 할인마트 광고지

　　가진 자가 울리고자 맘만 먹으면

　　언제고 자동으로 열렸다 닫히는

　　못 가진 자들에겐 서러운 문

　　　　　　　　　──「부자가 울리면 문은 자동 개폐됩니다」 부분

　인용한 3개 연 중에서 마지막 연이 특히 의미심장하
다. 빈부격차를 나타내는 말 가운데 금수저, 은수저, 흙

수저 같은 것이 있고, 최근 방영된 텔레비전 드라마 〈스카이 캐슬〉은 그러한 계층을 일류대학 일류학과를 준비하는 입시와 관련지어 그려냄으로써 큰 공감대를 이뤘다. 시에서 부자와 반대되는 의미로는 "개미투자자들과 구멍가게 주인 눈물"이 있다. 여기서 아주 중요한 시어가 '눈물'이다. 가난한 사람은 분배 과정에서 밀려나 늘 소외를 겪는다. "벨 없으면 종이고 벨 있으면 부자란 말이지"의 '종'은 '鐘'이면서 동시에 '下人'이다. 이런 시는 언뜻 보면 '말장난'이지만 단순한 장난이 아니다. 우리 사회를 풍자하고 비판하고 있다. "가진 거라곤/한글 자모 앞 성을 낳아준 아비만 있는 사람들에겐/〈가나다순〉이 유일한 빽이다"(「가나다순으로」) 같은 구절은 언중유골이다. 또한 우리 사회의 구조적 모순에 대한 정문일침이다.

'자초지총'으로 인쇄되었다면 큰 오자가 난 것이다. 게다가 '개중'을 '게 중'이라고 써서 띄어쓰기와 맞춤법을 동시에 틀렸음을 발견한 독자가 있었나 보다. 독자의 지적을 "상대방 말을 자초지종 들어보지 않고/말의 총 방아쇠 당긴 것은 얼마나 될까/개중엔 끝까지 감추고 싶은 상처도 있었을 텐데"(「개중 자초지종」) 하면서 자기반성의 계기로 삼기도 한다. "금값이 점점 오르는 세상/금 한 냥 입 속에 모셨으니/비싼 입값 해야겠다//침묵을 모셔야겠다"(「비싼 입값」)도 시인의 반성적 사유의 결과물이다. 시어머니가 된 화자는 며느리에게 "생각 좀 하고 살라"고 말했는데 호박 식혜를 버리게 되면서 그 말에 책임을 못 진 자신을 책망하기도 한다. 출판사를 하는 김 사장은 직원들에게 추석 보너스를 못 줄 상황에 봉착하자 은행이라도 털고 싶어진다.

길 건너 은행나무 옆에 있는 '우리은행'은 너의 '우리'도 나의 '우리'도 우리의 '우리'도 아닙니다. 숨지도 못하게 하고 도망치지도 못하게 하고 날도 뛰도 죽지도 못하게 추석을 가둬놓은 '짐승의 우리'가 된 지도 한참 됐습니다

'우리은행' 앞에서 누군가 잘 익은 은행을 터는 사람을 보며 떠올리는 단어 '은행털이', 은행 옆에 있는 'Hang bok 웨딩홀'의 '행복'이 복을 목매단 채 '항복'으로 읽히는 김 사장은 추석 보너스를 기다리다 지쳐서 직원들이 가랑잎처럼 날려가 버린 텅 빈 사무실에서 중얼거립니다

이런 날 케이블카를 타는 네 놈은 누구냐, 나는 오줌도 제때 못 누는데

—「추석 이틀 전」 부분

이 시는 우리(we)와 우리(cage), 은행(bank)과 은행(gingko nut), 행복(幸福)과 항복(降伏)의 미묘한 차이를 통

해 독자들에게 읽는 재미를 선사한다. 그런데 미소 짓고 마는 단순한 재미가 아니라 그 속에는 우리 사회에 대한 풍자의 기능이 숨어 있다. 하필이면 출판사 사장이다. 추석을 앞두고 책을 출고하고자 정신이 없는데 그 책을 누가 사보냐는 것이다. 직원들에게 추석 보너스를 지급할 수 없는 사장의 처지가 참으로 딱하다.

시인은 말의 재미를 추구하는 사람이지만 또한 일상에서 위트와 유머를 캐치하는 사람이기도 하다. 감기몸살로 며칠 밥맛을 잃고는 퇴근하는 남편에게 전화를 건다. 만두를 사달라고 하니까 마을버스 타고 가야 하는데 냄새가 나서 안 된다고 거절한다. 그리고선 사온 것이 한우 3만 원어치. "내가 지금 당장 먹고 싶었던 만두는 2천 원이면 되"는데 말이다. 시의 제목이 '남자들의 서툰 사랑법'이다. 이래 가지곤 아내의 칭찬을 듣기 어렵다. 신문 구독을 끊으려고 했다가 "젖은 운동화 말릴 때/수박 먹을 때/만두 만들 때/유리컵 깨뜨렸을 때" 필요한 것이 신문지 아닌가 하는 생각에 계속 보기로 한다.

　냄새나는 습기, 침 묻은 수박씨, 베보자기에 뒤틀린 김치와
　유리 조각
　질질 흐르고 뱉어지고 터지고 깨진 것들,

　잘생긴 이들이 알아서 구겨지고

콧대 높은 이들이 엎드리고 깔려서

받아주고 젖어주고 찔려주는 것들이 없어서

몇 개월 끊었던 신문을 다시 보기로 했다

— 「신문을 다시 보기로 했다」 끝부분

　이런 시도 유머러스한 사회풍자시다. "콧대 높은 이들
이 엎드리고 깔려서/받아주고 젖어주고 찔려주는 것들이
없어"져 버린다면 답답할 노릇이다. 신문을 계속 구독하
겠다는 이유는 간단하다. 신문을 자주 장식하는 국회의
원과 판·검사, 고위공직자를 떠올려보면 된다. 신문을 그
런 식으로 사용하면서 화풀이라도 하겠다는 뜻이다.

　문명사회에서는 이름 대신 번호로 불리어지고 번호로
존재한다. 수번으로 불리어지지 않으면 그나마 다행이다.

은행에서 불리는 건 번호뿐이다

햄버거 집에서, 백화점 분식집에서도

우리를 부르는 띵똥 소리가 나면 번호표를 내놔야

햄버거를, 냉면을, 돌솥비빔밥을 만날 수 있다

자동차 번호판이 우리를 대신하고

라디오 프로그램에서도

휴대폰 끝 네 자리가 이름을 대신한다

우리의 주민등록번호는 한 개에 얼마씩 중국으로 팔려 나가고

몇 개나 되는 아이디와 비밀번호 사이를 오락가락하며

신용카드와 이메일 감옥을 하루에도 몇 차례 들락거려야 사
는 세상

—「의정부 이름 없는 카페에서」 부분

이름이 사라지고 숫자로 존재하는 우리 사회는 비정
성시(非情城市, 허우 샤오시엔이 감독한 대만 영화)다. 어디를 가
나 아무개 씨가 몇 번 손님으로 불리고 있으니 우리의
인격은 효율성을 우선하는 사회에서 금력에 밀리고 만
다. 권력마저 금력을 탐한다는 사실을 볼 때 현대 사회
의 주인이 금력임을 부정할 수 없다. 이번 시집에서 서
금복 시인은 이런 한국 사회를 종종 비웃고 비판한다.
그럼 우리가 소중하게 생각해야 할 것으로 각자의 인격
외에 또 무엇이 있을까? '가족'이다. 시인 본인은 4남매
중 첫째인가?

내년부터는 그냥 자거라 나도 이젠 등수 매기지 않으마
황금돼지해를 몇 시간 앞두고 아버지께서 전화하셨다
올해가 작년이 되는 순간 누가 먼저 전화를 걸었는지
일등부터 꼴등까지 밤새도록 등수 매기던 아버지
전화 건 순서대로 효자 효녀 효부 효손의 등수가 정해지는
것 같아
우리 4남매와 그 새끼들까지 온 신경을 곤두세웠는데

—「눈 내리는 밤 청개구리 4남매」 부분

그런데 4남매를 키운 건 아버지가 아니라 어머니인 것 같다. 시집 속의 가족사를 사실로 믿는다면 말이다. 그 시대, 그 세대의 어머니들은 대체로 고생을 희생으로 승화하면서 제 몸보다 가족의 안위를 위해 살았고, 아버지는 어머니가 눈물깨나 쏟게 한 한량이었다. 시집 속의 아버지는 오랫동안 환자였다.

중풍 환자 삼시 세끼 밥해대느라
김치에 물 말은 밥 외엔 못 드시는 어머니
아무리 없이 살아도
딸에게 오실 때에는 김치에 고추장까지 챙겨오는
어머니의 사랑 탯줄이 화분 옆을 지키고 있었다
혹시나 목마를까 걱정되어 동그랗게 웅크리고 있었다

―「탯줄」 부분

어머니의 고생은 이 정도가 아니다. "아버지 병수발 들다가 어깨 힘줄 끊어지고/허리디스크 삼각형으로 찌그러질" 정도다. "수족을 제대로 못 움직이는 아버지/긴 병에 효자 없다는 말/쉬쉬 감추느라 수수깡처럼 말랐건만/십 년 만에 아버지 입원하신다니/잠 못 이루는/울 엄마"로 끝나는 시의 제목은 '현대판 개미와 베짱이'다. 어머니는 일개미였다. 베짱이인 아버지는 어머니의 수발을 받으며 10년을 살았다. 그런데 후련하다고 생각할 줄 알았던 어머니가 아버지의 병원 입원 날이 오자 착잡함에 잠을 이루지 못한다. 이것이 가족이다. 가족관계다. 「가족」에 따르면 어머니가 아버지의 손과 발 노릇을 한 기간이 10년이 아니라 20년이다.

　스무 해째 방에 누워 계시는 아버지의 다리, 아버지의 팔, 아버지의 눈이 우리의 손가락 속에 나뉘어 있다며 아버지 편드는 어머니, 오른손 엄지는 날이 흐리지 않아도 저린다

　등 떠밀려 일하는 것도 서글프지만 할 일이 없다는 건 더욱 서러운 일, 컴퓨터 자판기에 축 처져 있는 왼 엄지, 컴퓨터 책상 불빛이 모처럼 아버지를 따뜻하게 내려다본다.

—「가족」 끝부분

불가에서는 가족을 전생의 원수라고 한다는데 오죽했으면 이승에 윤회하여 전생의 업보를 '서로 돌봄'으로 갚아나가는 것일까. 흔히 말하는 업보가 다름 아닌 가족인 것이다. 미우나 고우나, 멸시하나 연민하나, 이미 가족인 것을 어찌하랴. 언젠가는 사별하게 될 것을. 시집 제일 마지막 시의 마지막 연이 이렇다.

　가장 좋은 자리에서 가장 잘 보이는 불빛
　'양수 장례식장' 전광판이 선지 빛처럼 굳어 있다

生과 死가 강물 하나 사이에 끼고 흐르는 카페에 앉아 있으면
내 눈을 가리고 있던 흐린 날
헤이즐넛 향기 속에 서서히 하늘 날 준비를 한다
　　　　　　　—「흐린 비 내리는 날 종이학 카페에 간다」 부분

　마지막 문장의 주어가 '불빛'인지 '生과 死'인지 '흐린 날'인지 헷갈리는데 아무튼 인간의 생과 사는 인위적인 것이 아니라 대체로 운명적이다. 고승인들 자신이 죽을 때를 어찌 다 알 것이며, 범부들이야 더 말해 무엇 하랴. 그런 우리는 살아 있는 한 사는 것이다. 살아 있는 한 시를 쓰는 것이다. 서금복 시인의 경우 1997년에 수필가가 되었고, 2001년에 동시작가가 되었다. 가로늦게(경상도 사투리임) 2007년에 비로소 시가 문예지 신인상에 당선되어 시단에 나왔다. 이번에 낸 첫 시집에서 시인은 시에 대한 각오를 이렇게 들려준다.

차마 버릴 수 없었다
오랫동안 나의 벗이 되어 준 그를

내 설움 말없이 다독이고
울음 끝이 긴 나를
참을성 있게 지켜보아 준 그를
내 꿈 길게길게 타래 풀어 준 그를

붓 가는 대로 쓸 수 있는 거라고

누구나 쓸 수 있는 거라고

세상에서 푸대접하는 그를

외면할 순 없었다, 나는

—「시에게」 부분

등단을 한 햇수로 치면 22년 만이요, 시단에 나온 때로 치면 12년 만에 내는 첫 시집이다. 시는 서금복 시인에게 위와 같이 둘도 없는 벗이었다. 그런데 지금 세상은 시를 푸대접하고 있다. 붓 가는 대로 쓸 수 있고 누구나 쓸 수 있다고 하지만 시를 잘 쓰려면 '참 시인이 되라'고, '시인은 신이다'라고 누군가 말해주었다. "참詩人 = 참神/참神 = 斬新"(「시 잘 쓰려면」)이라는 등식을 믿고 따르려니 무척 힘들지만 이미 서금복은 시라는 어탁을 뜨고 말았다.

결국 내가 졌다 새 복사지를 넣었다 이면지는 싫단다 한번 시작했으면 끝을 보란다 이게 아니다 싶으면 중단시킬 수 있는 〈인쇄취소〉 작동법도 얼른 배우란다 약팍한 계산으로 아니다 싶으면 매듭질 줄 아는 용기도 실력도 없이 미적거리다간 앞으로도 계속 이렇게 당할 테니 알아서 하란다

—「시 어탁 뜨기」 부분

이를 어쩌랴. 이미 물은 엎질러진 것을. 한번 시작했으니 끝장을 볼 수밖에 없다. 고기는 잡았고 어탁을 떠야 한다. "하늘 원고지 바짝 마르면/타는 갈증보다 한숨이 앞서/잠 못 이루는 밤"에 "평생 가위 들고/헝클어진 세상사 가지치기하는 내 마음"이다. "이제 와/이 모든 게/제 좋아 한 모진 짓"(「시인과 정원사」)인 것을 어떻게 하랴. "모진 짓"이라는 말이 의미심장하다. 수필집을 2권, 동시집을 3권 냈지만 이렇게 시 쓰기에 몰두하게 된 것은 바로 '모진 짓'이기 때문이다. 이렇게 모진 짓을 하게 된 것에 대해 애도를 표한다. 시 쓰기가 '모진 짓'임을 알고 있다는 것은 각오가 되어 있다는 뜻이며 열정이 있다는 말이다. 해설자는 그 열정을 믿고 싶다. 좋아서 빠져든 일을 그 누가 만류할 것인가. 누구보다 시인 자신이 그것을 잘 알고 있다. "이 가을/이별의 끝에서/다시 만난 너와 나"인데 어찌 내가 외면할 수 있으리. "나도 모르는 가슴 속/깊은 우물까지 내려가/말간 물 퍼올려/감추고 또 감춘 눈물샘까지/말없이 닦아주는 너를"(「시에게」) 어찌 멀리 둘 수 있으리. 마음 밑바닥에서 길어낸 시어들이 맑은 눈물처럼 빛나도록 시인은 이제부터 제 2시집을 향해 새롭게 출발해야 하지 않겠는가. 그 과정을 지켜보려는 독자가 있다는 것을 잊지 말아 주기를 바란다.